Zapf - Rückblick in die Zukunft

Herzlichst
Dr. Zapf

Wolfgang Zapf

Rückblick in die Zukunft

Wahre Wiener Polizeigeschichten

mit 13 Illustrationen aus der Feder von
Michael Tasios.

Eine Satire

Zapf, Wolfgang

Rückblick in die Zukunft:
wahre Wiener Polizeigeschichten; eine Satire /
Wolfgang Zapf

ISBN 3-200-00204-2

Ich möchte mich für die Mitarbeit und für das Einbringen einiger Ideen bei Dr. Wolfram Huber und für die Lektorierungsarbeiten bei Christine Moestl bedanken.

Inhaltsverzeichnis

I. Teil
Wie alles angefangen hat

II. Teil
Der Vorstadtkommissär wird Staatspolizist

III. Teil
Das Finale als Polizeichef

WIEN

KUNDMACHUNG

Zapf, schreibs auf!

Was Literaten mitmachen erfuhr ich erst, nachdem ich mein erstes Buch „Der Vorstadtkommissär“ gemeinsam mit meinem Freund Peter Zehrer geschrieben hatte. Ich konnte Personen lebendig machen, die ich bei meinem Polizeidienst kennengelernt hatte und die mir durch ihre Skurrilität oder natürliche Schlauheit in Erinnerung geblieben waren. Was mein Polizeialltag mich erleben ließ, war plötzlich wieder da und nahm Gestalt an. Ich war erstaunt was der „Vorstadtkommissär“ alles erlebt hatte.

Es fand sich ein Verleger, der das Manuskript sofort akzeptierte und als Buch drucken ließ. Er war der Meinung, dass für lustige Polizeianekdoten eine Marktlücke bestand. Wie sehr hatte der gute Mann Recht. Nach vierzehn Tagen war die erste Auflage ausverkauft und er musste blitzartig eine zweite drucken. Meine ganze Arbeit war also nicht Literaturschrott. Es gab genügend Leserinnen und Leser, denen die lustigen Geschichten aus dem Wiener Polizeialltag ein Lesevergnügen bereitete. Ihnen allen sei ein herzliches Danke gesagt.

So weit so schön. Ein jedes Buch braucht natürlich Werbung, da der Verleger und selbstverständlich auch der Autor von den Verkaufserfolgen leben. Im Verlagsvertrag war daher ein Passus enthalten, welcher die Verpflichtung enthielt, mich für Interviews und Lesungen zur Verfügung zu stellen. Trotz der Werbung in Elektronikmedien hechelte ich von Dichterlesung zu Dichterlesung, und das neben meiner Tätigkeit als Polizeichef des dritten Wiener Gemeindebezirkes. Ob amüsant oder makaber, ich wurde zum Literaturtouristen oder ambulanten Autor.

Bei den Lesungen stachen positive und negative hervor. Ich kann nicht umhin, eine für mich negative, stellvertretend für andere, zu schildern. Zuerst schien alles gut zu laufen.

Das Publikum war angeregt aufmerksam, lachte über Pointen und applaudierte spontan. Als ich jedoch mitten in meiner letzten Geschichte war, flog die Eingangstüre auf, herein stürmte ein Mann direkt auf mich zu und entriss mir das Mikrofon. Bevor ich nachdenken konnte, wie ich einem Terroranschlag entgehen könne, rief er: „Der Besitzer des roten Autos mit dem Kennzeichen W 53.566 G soll sofort zu seinem Fahrzeug kommen, sonst wird es abgeschleppt." Daraufhin gab er mir das Mikrofon zurück und verließ den Saal wie er gekommen war. Ich war noch einige Zeit gelähmt ob dieses Vorfalles und konnte den Rest der Geschichte nur stockend vorlesen.

Die positiven Ereignisse waren jedoch weit in der Mehrzahl.. Meistens nettes Publikum, welches gerne den lustigen Geschichten des Vorstadtkommissärs lauschte. Am Ende der Veranstaltung kamen viele Leute zu mir, um mit mir zu diskutieren. Ich hörte Meinungen wie: „Sie haben die Stimmung der Siebzigerjahre ausgezeichnet eingefangen, ich habe ihr Buch mit Freude gelesen" oder „Hat sich das alles wirklich so zugetragen?"

Die Kommentare von Polizeikollegen waren da wieder anders. Meistens erinnerten sie mich an Begebenheiten, die ihrer Meinung nach ebenfalls aufgeschrieben gehörten. Immer öfter hörte ich die Aufforderung: „Schreibs auf, Zapf!" Sie hatten ja Recht! Es gab so vieles, was nicht der Vergessenheit anheimfallen sollte, zB wie mich der liebe Polizeipräsident Holoubek überredete, Polizist zu werden oder was ich alles mit Bruno Kreisky, Willy Brandt, Friedrich Hundertwasser und vielen anderen erleben durfte. Gar nicht schlecht waren auch skurrile Erlebnisse, die ich dann schließlich als Polizeichef zweier Wiener Bezirke erleben musste.
Ich begann all das aufzuzeichnen, was ich so in meiner Polizeilaufbahn erlebt hatte. Das Gemeinsame aller Begebenheiten ist, dass sie anders verlaufen sind, als ich zuerst gedacht hatte. Das ist aber typisch für den Polizeidienst und was man dabei erlebt. Ich bin dabei draufgekommen, dass im Leben nur selten ein gerader Weg zu einem bestimmten Ziel führt. Ich meine damit aber nicht die „krummen Touren", sondern die vielen Irr- und Gratwanderungen, welche auch Frank Sinatra in seinem Lied „That's life" gemeint hat. Meine berufliche Polizeilaufbahn hat als kleiner Vorstadtkommissar begonnen und endete als Hofrat. Der Titel Hofrat war mir eigentlich immer suspekt, da Österreich 1918 die Monarchie abgeschafft und seither keinen „Hof" mehr hatte. Wen also hatte ich zuletzt zu beraten? Ich weiß dazu selber keinen Rat.

Was da alles so gekommen ist, hätte ich mir nie gedacht. Viel bunter, skurriler und eigenartig. Ich glaube daher, dass es sich lohnt, einen Rückblick darauf zu machen. Einen schmunzelnden Rückblick also in meine damalige Zukunft.

-.-.-.-.-

Die Bar als Schule fürs Leben

„Es kommt im Leben immer anders als man glaubt" - „Der Mensch denkt und Gott lenkt" – diese Sätze weisen uns darauf hin, dass das Leben voller Überraschungen steckt; in manchen Bereichen mehr, in anderen weniger. Oft geht es nur darum, sich das Staunen zu bewahren und möglichst schnell und entsprechend auf die neue Situation zu reagieren. Ersteres ist bei Polizisten nicht unbedingt nötig, Zweiteres aber schon. Verbinden sich aber beide Eigenschaften, so kann man seiner Tätigkeit – auch im Nachhinein – Seiten abgewinnen, die auf viele Situationen ein bemerkenswertes Licht fallen lassen und dadurch nicht selten auch einen Schuss Humor beinhalten.

Als ich vor der Entscheidung stand, was ich einmal beruflich werden wolle, gab ich meinem stark ausgeprägten Gerechtigkeitsempfinden nach und entschied mich für das Studium der Rechtswissenschaften. Ich wollte nämlich Richter werden, um damit in der Lage zu sein, über

Recht und Unrecht, Gut und Böse, wie einst der biblische Salomon zu entscheiden. Welch' ein Ideal!

Heute gibt es reichlich Studienbeihilfen und Einrichtungen, die zu allen erdenklichen und früher undenkbaren Erleichterungen geführt haben. Meine Situation zu Studienbeginn war ganz anders: Mein Vater war aus dem Krieg nicht mehr heimgekehrt, meine Mutter war Hausmeisterin und mein jüngerer Bruder wollte auch eine Ausbildung. Was sollte da noch viel für mich übrigbleiben? Also galt es, in den drei Monate dauernden Sommerferien möglichst viel zu verdienen, um studienmäßig „überwintern“ zu können.

In dieser Hinsicht gab es mehrere Möglichkeiten zur Auswahl, einträgliche legale und sehr einträgliche illegale. Ich aber wollte meine eingeschlagene Laufbahn in Richtung Rechtsprechung nicht gleich zu Beginn mit Gesetzesübertretungen belasten. In möglichst kurzer Zeit viel zu verdienen war damals am ehesten im Gastgewerbe möglich. Durch Zufall las ich in einer Zeitung unter der Rubrik „Gastgewerbliches Personal gesucht“, dass in der Schweiz im Hotel-Restaurant Schloß Lauffen am Rheinfall jegliche Art von Arbeitskräften dringend gesucht würden. Kurz entschlossen rief ich dort an, und drei Minuten später war ich engagiert. Ich fuhr sofort mit dem Zug dorthin und erlebte zum ersten Mal, was mir später fast zur Gewohnheit werden sollte: Das Hineinspringen in eine völlig neue, mir nicht vertraute Situation, in der es galt, möglichst schnell möglichst viel zu lernen, ohne sich darauf berufen zu können, dass man nicht verpflichtet sei, dies oder das zu tun oder nicht zu tun. Gleichzeitig mit mir waren noch 49 andere Fremdarbeiter aufgenommen worden, und zwar 10 italienische, 12 spanische, 5 portugiesische, 13 französische und 9 jugoslawische. Der Chef und die Chefin teilten die Anderen in die Küche, zur Reinigungsbrigade, in die Wäscherei und ins Service ein. Zuletzt fiel der Blick auf mich und wurde mir verkündet, dass ich ab jetzt der Einkaufschef und Ökonomentverwalter sei. Damit war mir als blutjungem Studenten von heute auf morgen eine Verantwortung übertragen, wie sie etwa ein Versorgungsoffizier beim Heer hat: Ich hatte dafür zu sorgen, dass, angefangen von Salz und Pfeffer auf den Tischen, alles vorhanden war, was die Küche benötigte bis hin zum Klopapier auf den Toiletten. Ich lernte Überblick, Verantwortung und Organisation und konnte mir keine Fehler leisten. Denn sonst wäre der Hotel- und Restaurationsbetrieb zusammengebrochen, etwa wenn mir am Samstag die Milch und am Sonntag der Zucker ausgegangen wäre.

Am Ende meiner zweimonatigen Ferialtätigkeit erhielt ich 600 Schweizer Franken, eine ganz schöne Stange Geldes im Jahr 1960. Davon konnte ich in Wien ein Jahr bescheiden leben und studieren. Erstaunlicher Weise erhielt ich aber noch etwas, und zwar ein Zeugnis. Mein Schweizer Chef war Mitglied des Schweizer Hotelierverbandes und stellte im Namen dieses schriftlich auf einer Urkunde fest, dass ich treu, zuverlässig und umsichtig im Schweizer Gastgewerbe gearbeitet habe.

Ich hatte damals keine Ahnung, dass dieses Zeugnis eines Hotel- und Restaurantbetriebes noch für meine Polizeilaufbahn bestimmend werden sollte ...

Im nächsten Sommer stellte sich das gleiche Problem der Geldbeschaffung zur „Überwinterung", allerdings verschärft durch den wonnigen Umstand, dass ich in ein entzückendes Mädchen verliebt war und deshalb – das wird man verstehen – nicht darauf erpicht war, die heimatlichen Gefilde für längere Zeiten der Entbehrung zu verlassen. Ich schaute mich also in der näheren Umgebung nach einträglichen Möglichkeiten im Gastgewerbe um und entdeckte eine solche. Eines Tages wanderte ich mit jenem Schweizer Zeugnis zuversichtlichen Sinnes nach Grinzing in die weithin bekannte „Trummelhofbar" und bewarb mich dort frech für die freie Stelle eines Barmixers. Das war der zweite Sprung ins kalte Wasser der Ungewissheit. Ich verschwieg dabei großzügig, dass ich vom Barmixen nicht die geringste Ahnung hatte. Meine Kenntnis beschränkte sich auf die Herstellung eines G'-spritzten. Selbst als Laie hielt ich diese Vorkenntnis für ungenügend. Jedoch die Liebe beflügelte mein Selbstbewusstsein – natürlich nicht die Liebe zum Alkohol, sondern zu meinem Mädchen – und ich wurde auch sofort auf Grund meines Schweizer Zeugnisses aufgenommen. Die Hochachtung vor Schweizer Qualifikationszertifikaten erstreckte sich anscheinend und zu meinem Glück nicht nur auf Uhren und Schokolade, sondern auch auf meine Dienstbeschreibung. Allerdings, den alten und erfahrenen Bar-Ober konnte ich nicht täuschen: „Junge“, sagte er eines Abends nicht unfreundlich zu mir, „vielleicht kannst wirklich was, des weiß i net, aber des, was du da können sollst, des kannst net!“ Ich lächelte ein wenig hilflos und wusste, nun war ich seinem Gutdünken auf Gedeih und Verderb ausgeliefert. Er machte mir aber dankenswerter Weise keine Vorwürfe, noch verpetzte er mich beim Chef, sondern gab mir das Standardwerk über Mixen mit dem Auftrag, es sofort eingehend zu studieren. „Wir haben einen Ruf, Junge“, führte er weiter aus, „und diesen Ruf haben wir zu verteidigen, und einer der Verteidiger bist du“. Er liebte anscheinend eindringlich wirkende Wiederholungen wie auch eine etwas barocke Ausdrucksweise. Er hatte ja schon zu Lebzeiten Seiner Majestät gemixt – für die Offiziere der k.k. Armee. Zum Glück hatte er deren Befehlston nicht übernommen oder deren Befehlston wurde durch seine Mixkunst wesentlich gemildert, was recht wahrscheinlich ist. Der alte Bar-Ober zeichnete mir in dem Mixer-Lehrbuch 20 Standard-Mixgetränke an und meinte, diese sollte ich auswendig lernen. Nachdem ich sie herunterleiern konnte, ähnlich wie früher in der Schule „Die Glocke“ von Schiller, den „Zauberlehrling“, den „Taucher“, den „Ritt über den Bodensee“, fing ich wild zu mixen an. Mein väterlicher Bar-Ober belehrte mich aber sofort: „Junge, du musst mit dem Shaker elegant umgehen, fast wie ein Jongleur. Das macht die Getränke zwar nicht besser, schaut aber elegant aus.“ Da kam mir eine Idee: Schon in der Mittelschule hatte ich mit Hingebung Basketball gespielt. Mein Vorbild waren die „Harlem Globetrotters“. Von denen hatte ich gelernt, einen Ball mit der linken Hand aufzufangen, mit dem Finger ihn in Drehungen zu versetzen und hinter dem Rücken über die rechte Schulter in die rechte Hand zu schupfen. Ich probierte das auch mit dem Shaker, es gelang und meinem alten Bar-Ober blieb plötzlich die Sprache weg. Nach einiger Zeit bemerkte er nur, das ist toll, das schlägt ein.

Nun ging’s los. Jede Nacht vollbrachte ich hinter der Bartheke meine sportlichen Leistungen zur Unterhaltung der Gäste, der Hebung des Umsatzes und des Trinkgeldes. Der Bar-Ober war höchst zufrieden mit mir.

Mit der Zeit fiel mir auf, dass viele Gäste auch deswegen kamen, weil sie Ansprache, Aufmunterung, einen guten Schmäh und vor allem Zustimmung für ihre Meinung hören wollten. Widerspruch ist streng verboten, es sei denn, er kleidet sich in das harmlosere Gewand eines gutgemeinten Rates. Bildlich gesprochen sitzt der Barmixer in einem Boot, das einladend mit Getränken zur Lebenserleichterung ausgestattet ist. In dieses Boot steigt nun der Gast zu und erwartet berechtigterweise vor allem – neben seiner Bestellung natürlich – Gemeinsamkeit. In Harmonie trinkt es sich besser, das Unverständnis der Welt brandet hilflos gegen die Eingangstür der „Trummelhof-Bar", aber herinnen herrscht alkoholselige Harmonie und zumindest geistige Verbrüderung. Davon lebt die Bar, davon lebt der Barmixer – und angestachelt von meinen merkbaren Erfolgen konnte ich bald die „Hitliste" der angewandten Psychologie und der Mixgetränke auswendig. Ich erklomm nach und nach die Barmix-Erfolgsleiter.

Auch die nächste Lektion erhielt ich wieder von meinem alten Bar-Ober. Sie beinhaltete das Fach „Menschenkenntnis", Spezialdisziplin „Schnelleinschätzung". Das Rezept war einfach, aber letztlich gewinnbringend, für den Barmixer wie auch später für meine Polizeitätigkeit, wobei die Zielsetzungen durchaus Parallelen aufwiesen: „Junge, pass auf", sagte der alte Mann eines Abends zu mir, „das, was du können sollst, kannst du jetzt" – ich blühte auf - da fuhr er fort „... ein wenig schon. Jetzt kommt der nächste Schritt: Die Frage ist, wem wendest du dein Hauptaugenmerk zu? Da kommen drei Gäste bei der Tür herein. Woran erkennst du, von welchem das meiste Trinkgeld zu holen ist? Wenn du dich mit den Falschen zu viel abgibst, ist es eine verlorene Nacht. Ich sage dir, je älter man wird, umsomehr bedauert man die verlorenen Nächte! Daher: Wenn du einen Gast nach seiner Ausgabenfreudigkeit taxieren willst, dann musst du wohin deinen Blick richten?" versuchte er mich zu prüfen, ob ich schon Erfahrung gesammelt habe.

„Auf – auf die Fingernägel?" stammelte ich. „Junge", belehrte mich der Alte, „die siehst ja noch nicht beim Eintreten. Nein, auf die Schuh' musst schauen! Wenn das teure, gepflegte Schuhe sind, kann er a Hosen anhaben, wie er will, i sag' dir, der Abend wird kein verlorener sein. Den anderen kannst zuhören, aber den Gast musst du dir pflegen!" Das war ein wesentliches Stichwort: Die Pflege des Gastes. Die besten Lokale unterscheiden sich von den guten darin, dass sie ihre Gäste wie wertvolle Pflanzen pflegen, auf dass sie reichlich Frucht tragen – und die Früchte fallen dann ganz von selbst, wenn man den Baum bei Rechnungslegung ein wenig schüttelt. Manche sind auch ein wenig „erschüttert", aber die meisten zahlen ja doch willig. Vor allem muss der Gast mit dem Gefühl gehen, dass er das, was er wollte und noch mehr bekommen hat. Denn dann kommt er wieder.

Ausgestattet mit meinen Mixfähigkeiten und diesem theoretischen Wissen, das sich allnächtlich bewahrheitet hat, wurde ich schon in meinen Jugendjahren eine Mischung zwischen alkoholausschenkendem Beichtvater und Verständnis mimendem Psychiater. Und wenn die Stunde fortgeschritten war, eröffneten sich mir so manche seelischen Abgründe und meine jugendliche Ahnungslosigkeit wurde Nacht für Nacht zurechtgestutzt.

Das dritte Gebiet, in dem ich mit der Zeit „bewandert wurde", verschwieg ich wohlweislich vor meiner Freundin, um nicht unnötige außerberufliche Komplikationen heraufzubeschwören. War ihr schon meine berufliche Nähe zum Alkohol ein Dorn im liebevollen Auge, so konnte ich sie doch damit beschwichtigen, dass ich Nacht für Nacht versuchte, den an meiner Theke Gestrandeten wieder neuen Mut und neue Hoffnung zu schenken – nicht nur mittels Ein-Schenkens. Ich gebe aber zu, dass jenes dritte Gebiet das für mich reizvollste war, obwohl nur am Rande daran beteiligt. Das war die weibliche Sphäre, die in einer Bar stets latent mitschwingt und ihr jenen Ruf verleiht, von dem viele Bars zehren. Es gab damals noch viele Mädchen, die Wert darauf legten, umworben zu werden bevor sie ihr striktes „Nein" in ein „Vielleicht" abschwächten, was einem gekonnten Charmeur schon Tür und Tor öffnete. Allerdings Werbung braucht Zeit und leider mussten damals die Heurigen schon um Mitternacht schließen. Jenen Zeitgenossen die länger brauchten, um ihre Mädels „einzubraten", stand nur mehr das Terrassen-Cafe oder eben „unsere" Trummelhof-Bar zur Verfügung, um aus diesen Abend noch einen erfolgreichen Abend zu machen und ihn einschlägig krönen zu können. Überspitzt formuliert: Wir haben damals auch zu einem Gutteil von den widerstandsfähigeren Vertreterinnen des weiblichen Geschlechtes gelebt ...

Nun gab es aber auch Männer, die den ganzen Klim-Bim an Aufwand scheuten und nach Abkürzungsmöglichkeiten zu ihrem ersehnten Ziel Ausschau hielten. Solche stellten wir im Fall des Falles gerne zur Verfügung: Dabei handelte es sich im Wesentlichen um einen Zettel in meiner Reichweite, auf dem die Telefonnummern dreier Mädchen – schwarz, blond, rot – notiert waren, die „im Notfall" sich um einsame Männer kümmerten. Zunächst aber galt es zu beobachten: Wie betrachtet „mein" Gast eintretende Frauen? Ist es ein gelangweilt schweifender Blick, der an keiner konkreten Stelle hängenbleibt, oder ist es mehr ein ausschweifender? Liegt in seinem Blick schon ein Promille-Dusel, sodass zu vermuten ist, dass der konsumierte Alkohol schon zu einer Lähmung im Getriebe geführt hat oder ist der Ausdruck seiner Sehnsucht noch so konkret, dass sie auch noch in einer halben Stunde in Erfüllung gehen könnte? Denn die Mädchen kamen allesamt aus der Prinz-Eugen-Straße, wo eine ältere Prostituierte ein Puff betrieb und junge lernwillige Mädchen auf einschlägigen Gebieten ausbildete.

Nach kurzer Zeit waren mir die Mädchen und deren Vorzüge bekannt – natürlich nur vom Hörensagen, denn so weit hatte der Bar-Ober den „Jungen" nicht in die Praxis einführen wollen. Ich setzte nun auf Grund meines Fingerspitzengefühls, das ich in der Zwischenzeit erworben hatte, meinen Ehrgeiz darein, die „Richtigen" zusammenzubringen. Diese Begegnungen mussten aber dezent eingefädelt werden, denn kaum ein Gast legte Wert darauf, in einer so renommierten Bar in den Ruf zu kommen, sich dort mit der Halbwelt zu vergnügen. Außerdem wollte er vielleicht am nächsten Abend wiederkommen, mir die Fortsetzung seiner weiblichen Eroberungen erzählen und mir dabei von Mann zu Mann in die Augen schauen können – und nicht als einer, der es gestern nötig hatte, für Liebesdienste zu bezahlen. In der Diskretion eines guten Barmixers trifft sich die ärztliche Schweigepflicht mit dem Beichtgeheimnis ...

Daher fädelte ich es stets so ein, dass sich die Bekanntschaft zwischen den beiden, die sich finden wollten, irgendwie durch einen herbeigeführten Zufall „ergab“, bevor sie sich ihm ergeben konnte. An diesem letztendlichen „Sich-Ergeben“, gleichsam dem Brennpunkt des Geschehens, waren alle beteiligt, natürlich nicht im Sinne einer Orgie oder von Gruppen-Sex, sondern nur finanziell. Das Mädchen, die Alte im Puff und (!) der Barmixer als Seelentröster, Kundschafter und Kuppler in Personalunion. Die zweite Lektion erhielt ich unmittelbar nachher: Nach erfolgter Liebesstunde setzte sich das jeweilige Mädchen noch zu mir privat auf einen Kaffee und erzählte freimütig von ihren Erlebnissen mit ihrem „Freier“. Und so erfuhr ich ganz unmittelbar, ob es mir gelungen war, seine Vorlieben zu berücksichtigen und ich die „Richtige“ ausgewählt hatte. Das war angewandte Psychologie hautnah – im wahrsten Sinn des Wortes!

Damals wusste ich noch nicht, dass ich einmal bei der Polizei beruflich landen würde und die als Barmixer erlernte „angewandte Psychologie“ wie den Abschluss einer Lehre anwenden konnte. Aber noch war es nicht so weit, ich hatte ja noch keine Ahnung, wann ich mein Studium beenden würde, und was danach käme. Aus all diesen Ausführungen sollte der Laie aber nicht den Schluss ziehen, dass die Mehrzahl der Kriminalbeamten durch die Schule des Barmixens gegangen ist. Ich dürfte auf diesem Gebiet wirklich ein Ausnahmefall gewesen sein!

Als der Sommer vorbei war und ich bereits genug hatte von der täglichen Nachtarbeit in der Bar, begann ich weiter nach Skripten und Vorlesungen zu studieren, und zwar sehr intensiv, denn skurillerweise hatte mich mein Mädchen wegen eines Barmixers verlassen – und war in die Schweiz gegangen. Ich fürchte, ich habe ihr die einschlägige Atmosphäre zu sehr nahegebracht ...

Ich war in kürzester Zeit mit dem Studium fertig, womit sich bewahrheitet, dass hinter jedem erfolgreichen Mann eine Frau steht, wenn auch bei mir im negativen Sinn.

-.-.-.-.-

Der Barmixer wird Kriminalkommissar

Als ich im Jahre 1970 als frischgebackener Jurist von der Universität kam, wollte ich zunächst Richter werden. Demgemäß ging ich nach meiner Praxis als Rechtspraktikant anschließend als Richteramtsanwärter ins Landesgericht für Strafsachen Wien, ins sogenannte „Graue Haus“ an der „2er-Linie“.Sie hieß deshalb so, weil damals dort noch Straßenbahnen verkehrten, die in ihrer Linienkennzeichnung lauter „2er“ trugen, also H2, G2 und E2.

Der Richter, dem ich damals zugeteilt wurde, war als Untersuchungsrichter mit dem Fall „Olah“ befasst. Franz Olah war Innenminister gewesen, bevor ihm mehrere Delikte zur Last gelegt wurden, wie zB Veruntreuung, Betrug, Amtsmissbrauch und Ansammlung von „Kampfmitteln“. Franz Olah, den ich zusammen mit dem Untersuchungsrichter dutzende Male vernommen habe, hatte einen sehr trockenen, oft bitteren Humor. Es war über ihn die Untersuchungshaft verhängt worden. Als er eines Tages zu mir zu einer weiteren Einvernahme kam, stand ich auf und sagte höflich zu ihm: „Bitte, nehmen Sie Platz!“ Darauf erwiderte Olah kurz: „Danke, aber ich sitz’ bei euch net gern!“

Im Zuge dieses Verfahrens waren natürlich auch viele prominente Zeugen zu vernehmen, unter anderem der damalige Wiener Polizeipräsident Josef „Joschi“ Holaubek, eine unvergessene und legendäre Erscheinung. Ich hatte ihn zu einer sehr undurchsichtigen Spendenaffäre zu befragen. Die Gewerkschaft hatte dem Innenministerium, und dieses der Polizei Geld „zur Verfügung Holaubek“ zukommen lassen. Nun galt es, die Hintergründe für diesen Geldfluss und vor allem die beabsichtigte Verwendung zu klären. In meinem jugendlichen Eifer und Ehrgeiz nahm ich – wie es in der Fachsprache heißt – den Holaubek sehr hart. Schließlich wollte ich ihm zeigen, dass wir Jungen auch tüchtig sind und dass die Justiz, als deren Teil ich mich stolzgeschwellt fühlte, unabhängig ist. Hinter dieser Unabhängigkeit habe ich die Unverfrorenheit meines Einvernahmetones versteckt. Und wirklich, das zeigte Wirkung: Holaubek kam schon bald ganz gehörig ins Schwitzen. Er war es natürlich überhaupt nicht gewohnt, ohne Respekt behandelt zu werden. Außerdem konnte er keine befriedigende Erklärung für den suspekten Geldfluss abgeben und geriet alsbald in Argumentationsnotstand.

Als Holaubeks Einvernahme beendet war, schaute er mich kurz scharf an und fragte dann unvermittelt: „Sagen Sie, junger Mann, was verdienen Sie denn eigentlich da?“. Darauf war ich nicht gefasst gewesen. Erstaunt zog ich die Augenbrauen hoch als er fortfuhr: „Sie gehören zur Polizei!“. Ich wusste nicht, wollte er sich nun irgendwie revanchieren mit einem Trick, den ich noch nicht durchschaute oder steckte eine andere Absicht dahinter, die mir noch genauso verborgen war. Vorsichtig fragte ich, wie er zu dieser Ansicht komme. „Mir g'fallt des, wie Sie einvernehmen. Sie trau'n sich was! Ich werd' Ihnen zeigen, was Sie bei der Polizei verdienen können, wenn Sie gute Aufklärungsarbeit leisten. Sie kriegen die Unterlagen!“. Sprach's – und war schon bei der Tür draußen.

Ich hatte seinen Worten keine besondere Bedeutung beigemessen, als höchstens jene wie ich glaubte, doch ein gewisses Lob herauslesen zu dürfen. Jedoch nach einer Woche kamen wirklich die Gehaltsunterlagen der Polizei mit allen damit verbundenen Möglichkeiten, und welche Arbeit in der Kriminalaufklärung ein Polizeikommissar leisten kann und soll. Faszinierend, Kriminalfälle aufzuklären! Sherlock Holmes, Jerry Cotton und James Bond kamen mir in den Sinn. Ich freundete mich immer mehr in schlaflosen Nächten damit an, so etwas werden zu wollen und der Gerichtsbarkeit ade zu sagen. Also rief ich kurzerhand Holaubek an und sagte: „Sie haben mich überzeugt! Ich komme!“.
„In Ordnung“, sagte Holaubek, „es wird bei Ihnen ein Bote mit der Bewerbung vorbeikommen, da setzen Sie nur Ihre Daten ein, unterschreiben und am Montag fangen Sie bei der Polizei an. Sagen Sie das auch gleich Ihrem Gerichtspräsidenten!“.

Als ich mit dieser Botschaft zu meinem Gerichtspräsidenten kam, sagte er nur: „Na, da bin ich aber neugierig, wie der Holaubek das in der kurzen Zeit schaffen will“. Der Bote kam wirklich, ich füllte den Bogen aus und unterschrieb. Zwei Tage später ließ mich mein Gerichtspräsident rufen und teilte mir mit, dass Holaubek die Blitzversetzung geschafft hat. Ich wurde angewiesen, mich am Montag um halb acht Uhr im Polizeipräsidium, das damals am Parkring lag, einzufinden.

Am Montag um halb acht Uhr betrat ich neugierig, aber auch mit einigen Bedenken, das imposante Palais beim Stadtpark. Ich ging über Treppen, die mit rotem Teppich ausgelegt waren, in den ersten Stock hinauf, wo mich zwei fesche Damen in einem riesigen Vorzimmer in Empfang nahmen. Nach und nach begann sich dieses Vorzimmer mit bemerkenswerten Herren zu füllen: Gemessenen Schrittes kamen reifere Herren in Zivil und würdig dreinblickende Generäle in Uniform und mit Orden besetzter Brust, insgesamt ihrer zwanzig, die durch mich hindurchblickten. Allesamt hatten sie Mienen, die denen von verdienten Persönlichkeiten auf Denkmälern glichen.

Einige Zeit lauschte ich der Erörterung polizeilicher Probleme, denn – wie ich später erfuhr – hier waren die einzelnen Spitzen aller Sparten der polizeilichen Tätigkeit versammelt: der Leiter der Mordkommission, der Polizeichefarzt, der Chef der Weißen Mäuse, der oberste Staatspolizist, der Chefaufklärer der Wirtschaftspolizei, der ranghöchste Wachmann, nämlich der Generalinspektor, und so fort. Zwischen so vielen würdigen bedeutenden Persönlichkeiten drohte mein Selbstbewusstsein langsam in sich zusammenzusinken und ich gab diesem Gefühl insofern nach, als ich mich ein wenig unbehaglich auf einem Stuhl niederließ.

Da trat ein Herr auf mich zu – und es gab dort eigentlich ausschließlich Herren und keine Männer – der sich später als der Personalchef entpuppen sollte, musterte mich streng und sagte in sehr gemessenem Tonfall: „Also Sie sind der neue Polizeijurist?“ Ich nickte gottergeben. Darauf fügte er „aufmunternd“ hinzu: „Wer'n wir schau'n, ob aus Ihnen was wird!“ Er wandte sich ab, denn es hieß Holaubek sei gekommen. Die Adler begannen ihre Schwingen aufzuplustern. Alle drängten natürlich in würdigem Tempo in sein Zimmer, nur ich blieb allein zurück. Mitleidvoll servierten mir die beiden Sekretärinnen Kaffee und sprachen mir Mut zu. Um halb neun öffnete sich die Tür mit dem Ruf: „Dr. Zapf soll eintreten!“

Als ich das Allerheiligste betrat - ein riesiger Raum mit Stukkaturdecke und vielen Ölbildern, schweren Vorhängen und Barockmöbeln -, fühlte ich mich eher wie bei einem Metternich'schen Empfang anlässlich des Wiener Kongresses 1815 als in einem Polizeipräsidium Ende des zwanzigsten Jahrhunderts im Atomzeitalter. Um das Bild abzurunden, hätte es mich nicht gewundert, wenn ich als Nächstes

Fanfarenklänge gehört hätte und ein Hofmarschall nach dreimaligem Klopfen mit seinem Marschallstab auf dem Boden verkündet hätte: „Dr. Zapf wünscht untertänigst, Euch Hochwohlgeboren und den Exzellenzen vorgestellt zu werden!“

Ein Eindruck, der mich an „Das Schloß“ von Franz Kafka erinnerte. In der Mitte des Raumes stand ein nicht Enden wollender Tisch, an dessen Ende Franz Holaubek als der Gottöberste saß, während beide Längsseiten von den „Würdenträgern“ eingenommen wurden. Holaubek erhob sich langsam und kam mir ganz unerwartet auf halbem Weg mit den Worten entgegen: „So, und jetzt stell' ich euch zum Abschluss meine Neuerwerbung vor. Das ist der Dr. Zapf, den ernenn' ich heute zum provisorischen Kommissär.“ Ich fühlte, wie vierzig Augen mich von oben bis unten musterten. Holaubek fuhr in seiner jovialen Art fort: „Und du, Hofrat Liebisch, du machst des alles schriftlich!“ Blitzartig wurde mir klar, dass der Präsident in meinem Fall sichtlich seinen Personalchef übergangen hatte und dieser nun nicht wusste, bin ich ein Protektionskind oder nicht. Deshalb seine so „einfühlsamen“ Worte im Vorzimmer!

Zu mir gewandt setzte Holaubek noch jovialer fort: „Und wenn des beendet ist, dann bleibst kurz noch da und kommst zu mir, gelt?“ Als die gesamte „Hofkamarilla“ den Raum verlassen hatte, blieben nur Holaubek, sein Personalchef und ich zurück. Die nächsten Minuten sollten ein großer Augenblick in meinem Leben sein. „So“, sagte Holaubek zu mir, „ich ernenne dich ab heute zum provisorischen Kommissär. Du musst jetzt auf die Republik schwören.“ Er sprach die vorgegebene Formel, und ich schwor. „So, und jetzt bist Kommissär!“ stellte Holaubek fest und reichte mir die Hand. „Ich wünsch' dir viel Glück, und enttäusch' mi net!“

Und so hat alles begonnen. Rückblickend kann ich heute sagen, dass beider Wünsche in Erfüllung gegangen sind. Ich hatte oftmals Glück und war stets bemüht, ihn nicht zu enttäuschen. Er sollte bis zuletzt sagen können: „Na, hob i an Blick g`habt?“.

Die Rache des Personalchefs aber folgte unmittelbar auf dem Fuße: Kaum im Vorzimmer angelangt, eröffnete er mir noch Ahnungslosem: „So, Sie kommen jetzt nach Floridsdorf!“

Über Floridsdorf wusste ich nur, dass es im Polizeijargon das „Bergwerk" hieß, denn es handelte sich damals um einen enormen Wachstumsbezirk, der immer mehr Bewohner anzog, dessen personelle Ausstattung an Polizisten aber mit dem Zuwachs keineswegs Schritt hielt. Ich wurde also angewiesen, mich sofort auf den Weg nach Floridsdorf zu machen.

Um 10 Uhr kam ich dort an, doch der zuständige Referent war krank. So weit, so schlecht, denn er hatte für diesen Tag sage und schreibe 40 Personen vorgeladen, die zwei Tage schon warteten und die ich nun alle zu vernehmen hatte, wobei ich von den einzelnen Fällen natürlich nicht die geringste Ahnung hatte. Wie aber soll ich Zeugen einvernehmen, wenn ich von den Sachverhalten nicht das Geringste weiß? In dieser Not erwies sich meine Schriftführerin, eine liebe ältere Frau, als rettender Engel. Sie kannte die Akten gut und gab mir zu jedem einen Schwindelzettel mit einigen Stichworten zum Akteninhalt. Während die Person, die ich einzuvernehmen hatte, vor mir saß, deutete sie hinter ihrem Rücken beredt, ja, gut so, weiter so, oder: nein, nein, das ist unwichtig, weggehen von diesem Thema. Dann wieder kam sie mit einem Zettel zu mir, auf dem stand, was ich konkret fragen müsste und worauf es in dieser Sache eigentlich ankomme. Sie war eine perfekte Souffleuse. Mir standen die Schweißperlen auf der Stirn, mehr als jenen, die sich vor mir in Widersprüche verwickelten, aber wir brachten alle Einvernahmen mehr schlecht als recht über die Bühne.

Zu meinem nervlichen Glück wusste ich zu diesem Zeitpunkt aber noch nichts von den Eigenheiten des Stadthauptmannes von Floridsdorf. Dieser war nämlich in Polizeikreisen genauso bekannt wie berüchtigt; vor allem wegen seiner – um es vorsichtig zu formulieren – unnachsichtigen Dienstbeschreibungen, die vornehmlich die Sparte von „unqualifiziert" bis „blöd" abdeckten. Er hat damit manche Karriere vernichtet. Für ihn galt: „Ausgezeichnet bin nur ich, sehr gut ist mein Stellvertreter, ein paar wenige sind gut, alle anderen genügend bis ungenügend, schlecht und unbrauchbar".

Nach diesem anstrengenden Tag, der mit Hilfe jener Schriftführerin glimpflich über die Bühne gegangen war, empfing mich jener berüchtigte Stadthauptmann in seinem Zimmer, schaute sich die durchgeführten Einvernahmen an, schaute daraufhin mich an und sagte: „Sie müssen noch viel lernen, wenn Sie nicht besser werden, fliegen Sie raus!" Später erfuhr ich, dass solche Äußerungen aus seinem Munde bereits haarscharf an ein Lob grenzten.

Aber ich war total fertig. Ich erinnere mich nur, dass ich ausgepumpt zu meiner hübschen, jungen Frau nach Hause kam, nichts mehr gegessen, sondern bis in die Früh durchgeschlafen habe. Es sollte ein harter Dienst werden: Damals gab es noch die 48-Stunden-Woche, der Dienst dauerte bis 17 Uhr, um 18 Uhr kam ich jeden Tag heim und um 7 Uhr früh war ich wieder in Floridsdorf. Aber ich habe viel und schnell durch diesen neuerlichen Sprung ins kalte Wasser gelernt, von dem ich anfangs noch gar nicht wusste, wie tief es wirklich war.

Heute ist das alles viel einfacher: Heute gibt es Einführungskurse, Seminare und dergleichen, sodass jeder junge Kommissär lernt, was er später braucht: Einvernahme- und Medientechnik, polizeitaktisches Verhalten, Verwaltungsrecht, Management, Erste Hilfe - das alles lernt man schon auf der Polizeiakademie. Aber damals musste man „In der Praxis durch die Praxis" lernen. Learning on the job: Rein ins tiefe Wasser und lerne Schwimmen oder ertrinke. Das hatte aber auch einen Vorteil: Man hat früher gelernt, Verantwortung, also die Konsequenzen seiner Handlungen zu tragen. Heute wird zu großes Gewicht auf die Theorie gelegt, damals war es umgekehrt.

Zum Glück habe ich unter den Kollegen einige Freunde gefunden, welche mir Tips gaben. Von ihnen lernte ich die verschiedenen Einvernahmetechniken, wie zum Beispiel den „Vaterschmäh", die „Gut-Bös-Technik", die „Überrumpelungstaktik", „Bauchkitzeln" und den „Seelsorgertrick". Weiters wurde ich eingeführt in die Eigenheiten der Gaunersprache. Über Letztere befindet sich ein Vokabular im Anhang zu meinem vorigen Buch „Der Vorstadtkommissär". Diese Sprache ist hochinteressant, weil sie eine Mischung aus Hoch-, Mittel- und Altdeutsch sowie Jiddisch, Rotwelsch, slawischen, italienischen, spanischen und sogar portuguisischen Ausdrücken beinhaltet. Es gab also eine Menge zu lernen.

-.-.-.-.-

Erste Erfolge in der Damensauna

Größere Amtshandlungen musste ein Konzeptsbeamter übernehmen und so kam eines Tages der erste „eigene“ Fall auf mich „Frischling“ zu. In der Damenabteilung der Floridsdorfer Sauna fehlten immer wieder aus Kästchen Wertgegenstände. Ich wurde beauftragt, diese Diebstähle aufzuklären sowie neue zu verhindern. Was sollte ich tun? Nun hatten wir im Kommissariat zwei Kriminalbeamtinnen, von denen ich eine, die recht zart war, bat, sie möge einige Tage hindurch getarnt als Gast die Damensauna besuchen, die Augen offen halten und den Dieb oder die Diebin ausforschen. Nachdem diese wie gesagt schon von Natur aus zarte Dame fünf Tage erfolglos sauniert hatte, kam sie am sechsten Tag mit Anzeichen von Erschöpfung zu mir und klagte: „Lieber Herr Doktor, in den fünf Tagen war ich bei 76 Aufgüssen und habe sechs Kilo verloren, jeder sagt mir, dass ich jetzt schlechter ausschau als vorher, außerdem passt mir jetzt meine ganze Garderobe nicht mehr. In den fünf Tagen wurde nichts mehr gestohlen, vielleicht ist der Dieb jetzt woanders und könnten wir nicht bitte die amtliche Damensaunabespitzelungsaktion beenden?“ Da begann ich zu ahnen, dass ich meine Anweisung nicht mehr lange würde durchhalten können. Ich bat sie um noch einen Tag, den sie mir großzügig gewährte, nachdem sie mir mit der Gewerkschaft gedroht hatte, denn sie war sich gar nicht sicher, ob sie überhaupt dienstlich saunieren müsse!

Am Nachmittag des sechsten Tages schlug das Schicksal zu. Die Kriminalbeamtin rief plötzlich aus der Damensauna an und ersuchte uns um sofortige Unterstützung, da sie zwei Personen festgenommen hätte. Zwei Funkstreifen fuhren hin und brachten unsere liebenswerte Kollegin aus der Sauna mit ihrer Beute ins Kommissariat. Folgendes hatte sich zugetragen: Während eines Aufgusses schlich sich ein Exhibitionist in den Saunavorraum, während die gesuchte Diebin im Kästchenraum mit einer Haarnadel einige Kästchen öffnete, Schmuck und Wertsachen daraus zusammenraffte und in ihr offenes Kästchen verstaute. Zur gleichen Zeit bemerkte eine Dame während des Schwitzens durch das Glasfenster den Exhibitionisten, der sich bereits in Pose gesetzt hatte. Sie machte ihren Mitschwitzerinnen erbost darüber Mitteilung und blitzartig beschloss die Saunabesatzung, unter der sich auch unsere Kriminalbeamtin befand, den Kerl dingfest zu machen. Sie stürmten wie Walküren aus dem Saunaraum, der Exhibitionist flüchtete in Richtung Ausgang durch den Kästchenraum, wo die Diebin gerade am Werk war. Unsere Kriminalbeamtin fing den Exhibitionisten dort ein. Nach einer Sekunde der Genugtuung fiel jedoch der Blick auf die offenen Kästchentüren. Der Schock war groß als die anderen Damen aus ihren offen stehenden Kästchen die Wertsachen vermissten und eine Frau bemerkten, die sich hastig anzog. Eine sofortige Nachschau in ihrem Kästchen förderte die Diebsbeute zu Tage. Es war also ein Doppelerfolg geglückt.

Durch diese erste größere Amtshandlung lernte ich, dass man kriminalpolizeilichen Erfolg nicht nur durch Wissen, Können und Fleiß hat, sondern dass auch ein positiver „Zufall" dabei sein muss. Wenn man einen erfahrenen Polizisten fragte, welcher Kollege das meiste aufklärt, so würde man zur Antwort bekommen: „Der Kollege Zufall".

-.-.-.-

Ein paar Schiffe zu viel in Ottakring

Als ich noch „Vorstadtkommissär" in Ottakring war, bestand eine meiner Hauptaufgaben in der Einvernahme von Zeugen, Beteiligten und Beschuldigten bei Straftaten. Das Ziel war, sowohl den Tathergang zu klären wie auch die Täter mit Hilfe des Kriminalbeamten auszuforschen und „gerichtsfertig" zu machen, das heißt, den Akt mit einer Anzeige und dem Protokoll dem zuständigen Staatsanwalt zu übermitteln, der dann die Entscheidung zu treffen hatte, ob Anklage erhoben wird oder nicht.

Dies klingt alles sehr plausibel und liest sich auch in den einschlägigen Vorschriften so, aber – wie es eben oft im Leben ist – Theorie und Praxis können meilenweit auseinanderklaffen. Denn die Ermittlung des Tatherganges ist nicht nur bei spektakulären Verbrechen, die durch alle Medien geistern oder wie sie in den Kriminalfilmen des Fernsehens allabendlich zu verfolgen sind, oft schwierig, nein, gerade in unscheinbar anmutenden Vorfällen mit einem strafbaren Hintergrund, wie es eine einfache Wirtshausrauferei ist, liegt oftmals die verzwickte Tücke des Objekts versteckt, die es – und das obliegt meist dem Polizeijuristen – ans Tageslicht zu bringen gilt. Es mag fast ein wenig überheblich klingen, wenn ich behaupte, dass es bisweilen leichter ist, den Hergang eines Mordes zu klären als eine Rauferei mit sieben Beteiligten, die sich alle ganz widersprüchlich daran erinnern, wer wem zuerst eine verpasst hat und warum und wie oft und mit welch durchschlagendem Erfolg. Da war oft eine unglaubliche Detailarbeit notwendig, um zum gewünschten Erfolg, nämlich einer nach Möglichkeit hieb- und stichfesten Sachverhaltsdarstellung an den Staatsanwalt zu kommen.

In diesem Zusammenhang erinnere ich mich an einen Vorfall Ende der Siebzigerjahre, als eine Anzeige auf meinen Schreibtisch flatterte, die mir schon beim bloßen Durchlesen nichts Gutes verhieß: In einem Wirtshaus in einer Seitengasse der Ottakringer Straße hatte es eine Wirtshausrauferei gegeben mit mehreren Beteiligten und demnach auch mehreren Verletzungen. Jeder der Beteiligten gab bei der Befragung an, sich nur gewehrt zu haben. Der geneigte und in kriminalistischen Ermittlungen sicher ein wenig vorgebildete Leser kann sich leicht vorstellen, welch mühsamer Kleinarbeit es bedurfte, um im Nachhinein die Geschichte des „Tatherganges“ rekonstruieren zu können:

Jenes Gasthaus war bekannt dafür, dass der einfache Bürger nach des Tages Müh' und Plag' sich dort an der Theke noch ein wenig Muße und Entspannung zuteil werden lassen konnte, bevor es zurück an den mehr oder weniger gemütlichen heimatlichen Herd ging. Für so manchen war die Wirtshaustheke dort fast schon ein zweites Zuhause, wo man sich alles frei von der belasteten Seele reden konnte, ob es sich nun um Kreiskys Rasiervorschläge per Nassrasur (zwecks Energieeinsparung), den letzten Urlaub, die gegenwärtige Freundin oder deren Mehrzahl, den Chef, die neue Hose oder sonst etwas betraf, was bei einem oder meist mehreren Bieren sich als Gesprächsthema unter Gleichgesinnten so anbietet. Denn die Runde bestand, da sich alle daran Beteiligten meist schon längere Zeit kannten und so manche Freundin und sogar Ehe traut miteinander überlebt hatten, aus einer festverschworenen Gemeinschaft, die – so möchte man meinen – so schnell nichts aus dem Gleichgewicht bringen könnte.

Jedoch eines schönen Tages trat das Unvorstellbare in Gestalt eines Fremden ein. Dieser Fremde und anfangs unscheinbare, kaum beachtete Besucher gesellte sich, nach einem kurzen Blick in die Runde, nicht zu dieser, in Bier- und Nikotindunst verschwimmenden Gruppe, sondern bezog eine Einzelposition bei einer damals sehr verbreiteten, mittlerweile aber völlig abgekommenen Einrichtung, die gerne zur Belebung der Atmosphäre benützt wurde: der Music-Box.

Als die ersten Klänge ertönten, war allen in diesem Raum Versammelten nicht im Geringsten klar, wie sehr diese Music-Box alsbald zur Belebung des Geschehens beitragen sollte. Dieser Fremde nippte, abgesondert von der lautstark diskutierenden Runde, alleine an seinem Bier. Aus nicht nachvollziehbaren Gründen, die sicherlich tief im Sentimentalen verborgen lagen, wählte er aus der reichen Angebotspalette jener Music-Box den damals gängigen Schlager „Ein Schiff wird kommen“, gesungen von der stets Urlaubsstimmung verbreitenden griechischen Sängerin Nana Mouskouri. Wer kann in einem Wiener Vorstadtlokal etwas dagegen haben, an den letzten Urlaub oder schon den nächsten erinnert zu werden? Wohl niemand. Jedoch, der Fremde in seinem sentimentalen inneren Ausnahmezustand nahm ein besonderes Angebot jenes „Musikinstrumentes“ wahr, indem er – nicht wie sonst üblich – nur einen Schilling opferte, um sein Lieblingslied zu hören, nein, er las auch das Kleingedruckte und entnahm diesem die verlockende Möglichkeit, bei Einwurf eines Zehners kulanter Weise zwölf Lieder vorgespielt zu bekommen. Aus unerfindlichen Gründen entschloss er sich für dieses Bonusangebot und drückte die Taste A 6 zwölfmal. Nichts dagegen einzuwenden, Nana Mouskouri legte sich also wie gewünscht auf den Plattenteller und begann mit ihrer Prophezeiung „Ein Schiff wird kommen“.

Der Fremde lauschte verzückt. Seine Verzückung stieg noch um einen Pegel höher, da ihm – bislang als Einzigem – klar war, dass dies nicht das einzige Schiff bleiben würde, das da kommen sollte. Nein, denn es würde eine ganze Flotte werden, er hatte nämlich den Bonus voll ausgeschöpft, indem er zwölfmal A 6 gedrückt hatte. Nana Mouskouri würde das sicher nichts ausmachen, sie legt los, so oft es der schillingbewehrte Gast möchte. Allerdings haben weder sie noch der musikbesessene Fremde damit gerechnet, dass es Mitmenschen oft im nächsten Umkreis gibt, die einschlägige musikalische Vorlieben, besonders wenn sie permanent und damit penetrant ans Ohr von Unbeteiligten dringen, nicht im selben Ausmaß teilen.

Das Unglück nahm seinen Lauf, wenn auch noch unbemerkt. Als Katalysator, als treibende Kraft des Kommenden, sollte sich auch noch eine, wenn auch wesentliche Nebenfigur erweisen, die hinter der Theke der wichtigen Pflicht des Einschenkens nachzukommen hatte. Diese treibende Kraft war jung, hübsch und bot den ausschließlich männlichen Gästen mit dem, was sie über der Theke zur Schau stellen konnte, einen reizvollen An- und Ausblick und Grund genug, um die Dauer des Aufenthaltes im bezeichneten Lokal gebührend auszudehnen.

Zudem, wie es bei Männerrunden stets der Fall ist, beginnt schon nach kurzer Zeit ein gleichsam gruppendynamischer Prozess dahingehend, dass alle Teilnehmer liebend gerne zu Teilhabern mutieren würden und demnach sich unbewusst steinzeitlichen Imponiergehabens bedienen – und sich dementsprechend mehr oder weniger sinnvoll verhalten. Kluge Frauen wissen Männer ja dahingehend zu steuern, dass ihnen klar ist, Männer müssen wie Hähne auf ihrem Misthaufen krähen können. Lässt man sie, ist die Welt für sie in Ordnung, lässt man sie nicht, bezahlen beide die Rechnung. Mann und Frau. In diesem Fall hatte die alsbaldige Rechnung der ahnungslose und ganz unbeteiligte Fremde zu zahlen.

Als nämlich Nana Mouskouri bereits zum achten Mal ankündigte, ein Schiff werde kommen, fragte einer der Gäste ein wenig laut, wie viele Schiffe da eigentlich noch kommen sollen! „Der Ottakringer Hafen is' scho' voll“, ergänzte ein anderer. „Ja, ja, mir san scho' voll“, erweiterte ein anderer den Sinngehalt. Dumpfes Gelächter erfüllte den Raum, eine helle Stimme dazwischen – jene der Serviererin.

Das stach einem anderen schmerzlich ins Ohr, der diesen Witz nicht gemacht hat und der Meinung war, wenn er ihn – den Witz des Vorgängers – nun übertrumpfe, dann werde das nächste Lachen der feschen Maid gleichsam ihm gehören – und welche männliche Phantasie beschränkt sich dabei – bei „ihm gehören“ – bloß auf das Lachen?

Bevor aber sein durch reichlichen Biergenuss verlangsamtes Gehirn eine passende und witzige Bemerkung ausspucken konnte, war sein Nachbar schon direkter geworden und fragte den Fremden quer durch den Raum: „Herst, hast du nix anders zum Spieln als immer desselbe? Des geht am ja auf die Nier'n! So viel Wasser und so viel' Schiffe!“

Dem Fremden war, als wäre ein gänzlich Unwürdiger plötzlich in seine romantischen Erinnerungen eingebrochen und ihnen gleichsam auf den Schwanz gestiegen. Dementsprechend gereizt rief er zurück: „Wannst von Kunst nix verstehst, dann halt die Pappn! Mit unmusikalische Leut' unterhalt' i mi net!“ und wandte sich ab in der Meinung, sich wieder ungestört den Klängen seines Lieblings hingeben zu können. Aber weit gefehlt. Der als unmusikalisch Apostrophierte drehte sich auf seinem Hocker ein wenig zur Seite und stellte mit einem raschen Blick genüsslich fest, wie das fesche Mädchen hinter der Schank an seinen Lippen hing, um ja nicht zu versäumen, was er diesem frechen Eindringling dort drüben jetzt hinwerfen würde.

„Pass einmal auf!" hub der „Unmusikalische" an und verfiel, der Situation angepasst, in Seemannssprache: „Du geistiger Leichtmatrose, wann du des Schiffernakel no a anziges Mal kommen lasst, dann spürst den Wellenschlag!" Dabei stützte er beide Arme drohend in die Hüften. Die Serviererin leckte sich erwartungsvoll den Labello von den Lippen.

Nun wurde dem Fremden plötzlich heiß und zugleich klar, dass er sich in einer aussichtslosen Situation befand, da er sein „Mouskouri"-Abonnement nicht rückgängig machen konnte und demnach das Kommen von noch drei Schiffen nicht zu verhindern war. Da aber auch ihm das gewisse Funkeln in den Augen der Lokalschönen nicht entgangen war, wollte er sich ebenfalls als Mann bestätigen und giftete in trotzigem Ton zurück:

„Des Liad hörst jetzt no dreimal, und wannst ka Ruah net gibst, spül i dir's no zehnmal vor, dass dir davon tramt!"
Der so Angesprochene erhob sich langsam von seinem Hocker, während sein Nachbar ihn am Arm hielt und zu besänftigen versuchte: „Geh, lass den Trottel dort mit seiner Nana, wenigstens kummen mir uns da vor wie im Urlaub in Griechenland!"
Was so begütigend gemeint war, entpuppte sich aber als Öl ins Feuer: Denn der „Unmusikalische" schwang, wie von einem imaginären Haken getroffen, herum und schrie seinen Sitznachbarn bierausdünstend an: „I wüll ma aber net wia in Griechenland vurkummen, weil dort hab' i mei' Alte mit'n Ober derwischt! Im Ole-, im Ole-..."
„Olé? Des is ja spanisch! Des war doch sicher woanders", versuchte sein Nachbar abzulenken, aber vergeblich: „Trottel! Lass mi' ausreden! Im Oleanderbusch, oder was des war! Aber es war, und des is ma de Hauptsach'!"

Leider lachte der Fremde in diesem Augenblick, durchaus zur Unzeit

– juristisch ausgedrückt. Im nächsten Moment sah er rot, ein Faustschlag des herantorkelnden Betrogenen hatte ihn mitten auf die Nase getroffen, er taumelte gegen die Music-Box, was Nana Mouskouri nicht erschütterte, sie säuselte eben etwas von „glücklich machen."

„Bliaten tuat er!" rief da eine helle Stimme durch den unheilgeschwängerten Raum. Sie gehörte der Serviererin mit den feuchten Lippen. Wogend hoben und senkten sich in ihrer kurzatmigen Begeisterung ihre vollgeblähten Segel, während der Sturm des Geschehens rundum anschwoll. Auf ihren doch nicht alltäglichen Ausruf, dass jemand blute, war der Chef des Lokals aus der Küche herbeigeeilt, sah sich mit einer Situation konfrontiert, die er nicht im mindesten durchschaute, noch weniger überblickte, und nahm daher Zuflucht zu der etwas hilflosen Frage: „Schurl, was hast denn g'macht? Und der Schurl, ein wenig behindert durch seinen bisherigen Alkoholkonsum, setzte zu einer für ihn wortreichen Verteidigung an:

„Des is' nur, weil des Scheißliad hab' i ma jetzt scho' vieradreißigmal anhören müassen, und wia i den dort, den Kerl dort, ganz höflich hab' ersuacht, also gebeten hab', er soll mit dena Schiffernakeln aufhör'n, hat er immer no welche kommen lassen, mir ganz zu Fleiß, und da hab' i eam ane geben müassen, scho' wegen dem Oleander! Vastehst net, für mi is des do, wia wann mei Alte vieradreißigmal hinter dem Oleander g'wesen war! Des soll a anderer aushalten, i net!" Und in sich zusammensinkend, fügte er, hörbar in schweren Erinnerungen bebend, hinzu: „Scheißoleander!"

Der Wirt versuchte, aus diesen Worten das Geschehene zu rekonstruieren, wobei ihm die sichtlich wesentliche Bedeutung eines Oleanders erhebliche Schwierigkeiten bereitete, zumal er weit und breit keinen erblicken konnte.

„I hab' ja gar kan Oleander", wandte er ein wenig hilflos ein. „Des fehlet mir no'!" brauste der Angesprochene neuerlich auf.
„Vielleicht war's e nur a Hibiscus!" vernahm man eine sichtlich botanisch gebildete Stimme aus dem Hintergrund.
„Warst dabei?" Wütend schwang der betrogene Griechenlandfahrer

wieder herum, jener Stimme zu.
„Ah, du warst dabei?“ Mühsam unterdrücktes Lachen schwang in der Stimme aus dem Hintergrund mit.
„Dabei war i net, aber derwischt hab’ i sie!“ Das Gelächter seiner Kumpane schwoll an. Wer den Schaden hat, braucht auch noch nach Wochen für den Spott nicht zu sorgen.
„Des war sicher in einer Bugainvillea!“
„In was für aner Buckelvilla?“ forschte der Gehänselte nach, als ihm unverblümtes Lachen entgegendröhnte. Sogar der mit seinem Nasenbluten beschäftigte Mouskouri-Fan verzog sein Gesicht zu einer grinsenden Grimasse, auch weil er sich aus dem ärgsten Schlamassel heraussen wähnte. Aber da irrte er gewaltig. Denn der betrogene Zechkumpan erblickte in ihm die letzte Rettung, seinen Kopf aus der sich immer mehr zusammenziehenden Schlinge der Lächerlichkeit zu ziehen. Wütend schlug er mit der Faust auf die Theke, dass die Gläser in die Höhe sprangen und zugleich alle wesentlichen Accessoires der voll aufgeblühten Serviererin ins Schwingen gerieten, und schrie den Wirt an:

„Da hast es ja, der Kerl spült den Mist ja no’ immer!“ Und zur Ablenkung von seiner eigenen Person stürzte sich der „Unmusikalische“ wutentbrannt auf sein Opfer, das sich aber diesmal nicht mit einer Opferrolle begnügte, sondern unvermutet zurückschlug. Das war der Auftakt zu einer veritablen Wirtshausrauferei.

„Olé! Olé!“ ertönten dazwischen die begeisterten Anfeuerungsrufe der Serviererin, wenn auch in völliger Unkenntnis geographischer Gegebenheiten. Für sie war es wie Fernsehen hautnah.

Dieser ereignisreiche Abend war zugleich auch das Ende der letzten Music-Box von Ottakring. Sie war den Wogen des Geschehens nicht gewachsen gewesen, sodass ab dann keine Schiffe mehr im 16. Bezirk vor Anker gingen. Die nächsten Abende verstrichen mit der Pflege einschlägiger Blessuren, sogar die unbeteiligte Serviererin hatte ihre Anfeuerungsrufe keineswegs heil überstanden, ein Krügerl unbekannten Absenders hatte ihre Stirne verbeult, und die nächsten Abende versah sie ihren Dienst stolz, weil mit Stirnverband. Den Gästen war es egal, weil dorthin hat sowieso noch keiner geschaut. Solang nur alles andere bei ihr unbeeinträchtigt geblieben ist, war man es zufrieden.

Nur wir von der Polizei hatten auf Grund einer Flut von Anzeigen eine Menge Arbeit, bis wir aus allen Einzelaussagen wie bei einem Puzzle den ungefähren Tathergang rekonstruieren konnten. Aber auch aus solchen „Puzzlespielen“ besteht der Alltag eines Polizeijuristen.

-.-.-.-.-

Am Friedhof lebt man manchmal sehr gesund!

Wie fast jeder Wiener Friedhof besaß auch jener, von dem ich nun erzählen will, eine eigene Friedhofsgärtnerei, in der gemeindeangestellte Gärtner Blumen für den jahreszeitlich wechselnden Grabschmuck und ähnliche Anlässe zogen.

Einer der sympathischsten Leiter einer solchen Gärtnerei war der vor zehn Jahren verstorbene Willi, ein großer Freund der Polizei, der uns immer wieder mit Blumen und herrlichem Gemüse versorgte. Die Blumen verwendeten wir zur Ausschmückung der nüchternen Amtsräume, auf dass das Bild vom „Freund und Helfer“ auch optisch sich vorteilhaft in den Wachstuben niederschlage, das Gemüse haben wir zu Mittag genüsslich verspeist, zumal wir einen Beamten in unseren Reihen hatten, der uns eines Tages mit der aufopfernden Ankündigung erfreute: „Burschen, i wer’ euch was kochen!“ Ab nun hatte er damit einen ständigen Nebenjob inne, den er zu seiner und zur allgemeinen Freude mit Erfolg ausübte. Seine Menüs waren einfach, aber schmackhafter als im Wirtshaus oder gar als jene Wurstsemmeln, die

die Mittagspausen mancher Beamten nur kläglich ausfüllen (es sei denn, man heißt „Rex").

Erst nach und nach begannen wir uns zu wundern, wieso eigentlich eine Friedhofsgärtnerei in der Lage ist, nicht nur derart schönes Gemüse, sondern überhaupt Gemüse zu liefern. Keiner von uns hatte je auf einem Grab Salat, Radieschen oder Kohl gesehen, nicht einmal einen Zierkohl. Wir stellten aber keinerlei Nachforschungen an, sondern erfreuten uns ganz fraglos an den gelieferten Köstlichkeiten, bis sich eines Tages der Schleier vor diesem seltsamen Geheimnis zu lüften begann:

Willi lud mich ein, seine Friedhofsgärtnerei zu besichtigen. Ich sagte erfreut zu, wurde herumgeführt, seinen sieben oder acht Mitarbeitern vorgestellt, alle für den Grabschmuck geeigneten Blumen wurden mir gezeigt, erklärt, deren Vorzüge und Nachteile geschildert, die besten Kombinationen für den Frühlings-, Sommer- und Herbstschmuck nahegelegt, bis ich die Ausführungen mit der Frage unterbrach: „Aber ich sehe nirgends ein Gemüse. Wo habt's ihr denn euer Gemüse?"

Da lächelte Willi verschmitzt, wies auf einen Kordon in einiger Entfernung, bestehend aus drei oder vier mannshohen Maisstangen hintereinander, und als er mich um diese grüne Mauer herumgeführt hatte, traute ich meinen Augen nicht: Ich stand vor den üppigst bewachsenen Gemüsebeeten, die ich je gesehen hatte; wie aus dem Bilderbuch eines Bio-Ratgebers.
„Na, ist das nichts?", fragte mich Willi mit stolzgeschwellter Brust.
„Das ist wirklich allerhand", musste ich zugeben, noch ein wenig verwirrt von der Größe und Vielfalt des Gebotenen. „Aber warum versteckt ihr eure Schätze da hinter diesem Kukuruz?"

Willi klärte mich auf, dass er sein Gemüse schützen müsse; weniger vor Schädlingen oder Krankheiten, sondern vor dem scharfen Auge des Kontrollamtes, das ihn einmal im Jahr auf- und heimsuche. Zwar stöbere es mehr in den Büchern und der Kassaführung, aber es würde auf einem Friedhof niemals den Anbau von Gemüse dulden. Daher habe er als Sichtschutz diesen schmalen Gürtel aus Kukuruz gepflanzt.

„Und den Kukuruz tolerieren sie?“, fragte ich ungläubig.
„Allerdings“, antwortete der schlagfertige Willi, „ich habe ihnen nämlich erklärt, den hätte ich aus Tierliebe gepflanzt. Mit dem Mais füttern wir im Winter die Eichkatzerln.“
„Und das haben sie gefressen?“
„Natürlich fressen die Eichkatzerln Mais.“
„Nein, ich meine die Herren vom Kontrollamt“, klärte ich ihn auf.
„Ja“, lachte er mich an, „die haben das auch gefressen. Bildlich gesprochen. Und so ist mein Friedhof“ – er sagte wirklich „mein Friedhof“ – wieder zu dem geworden, wie man ihn früher genannt hat: zu einem Totenacker. Die Toten stört's nicht, und wir Lebendigen haben alle was davon. Oder nicht?“ Er rieb sich zufrieden die Hände.

Ich musste ihm Recht geben eingedenk des gestrigen Kohlrabimenüs, das uns allen auf der Wachstube so herrlich gemundet hatte. Dass er möglicher Weise den besten Blumendünger für sein bzw. „unser“ Gemüse verwendet hat, lag nahe, aber ich zog es vor, lieber still weiter zu genießen, als mein Gewissen mit unnötigen Fragen zu belasten. Schließlich war er ein Lieferant und kein Delinquent; zumindest nicht in meinen Augen. Ich gratulierte ihm zu seinem Erfolg, sowohl anbaumäßig als auch im Umgang mit seiner vorgesetzten Behörde, und verließ nach einem herzhaften Buffet schmunzelnd die gastliche Stätte dieser Friedhofsgärtnerei.

Es dauerte nicht lange, stolperte eines Tages ein verzweifelter Willi zur Wachzimmertür herein und stammelte in unzusammenhängenden Worten, er sei schuldlos und könne rein gar nichts dafür. Wir befürchteten schon ein Verbrechen, bekamen aber nur eine „Untat“ zu hören. Was war geschehen?

„So leid's mir tut, und so leid ihr mir tuat's, aber es is' aus und vorbei. Aus und vorbei!“, wiederholte er ganz geknickt.
„Ja, so schlimm wird es doch nicht sein“, versuchten wir ihn aufzurichten, und ein Voreiliger ließ sich gleich amtsmäßig vernehmen; „Am besten, du gestehst es gleich von Vornherein, dann ersparst uns viel Arbeit!“ Ein müder Blick Willis traf den diensteifrigen Beamten. Ich bot Willi einen Sessel, eine Zigarette und, langsam sich beruhigend, er-

zählte er, was vorgefallen war: Das Kontrollamt sei wieder bei ihm gewesen, ganz überraschend und außertourlich, und zu seinem Schrecken sei der Beamte gleich schnurstracks hinter den Kukuruzwall geeilt und habe mit strengem Blick gefragt, was das Gemüse hier soll und wofür das sei. Jetzt war Willi in großem Argumentationsnotstand, da sein einträglicher Nebenhandel aufzufliegen drohte.

„Aber zum Glück, zum Glück“, stieß er hervor, „bin ich net auf's Hirn g'falln! Und blitzschnell is' mir was eing'falln: I hab' eam g'sagt, des is' nur, damit ma der Gemeinde Kosten sparen helfen. Natürlich hat er des net verstanden, und i hab' eam erklärt, dass mia des Gemüse zur Gründüngung brauchen. Und bevor er no was hat sagen kennan, hab' i den Huaber herg'ruafen und hab' zu eam g'sagt: Huaber, pass auf, hol' amal die Fräsen und zeig' dem Herrn, wia mia des mit unsern Gemüse immer machen! Zum Glück hat er mi glei' verstanden, weil der is' ja net teppert, der Huaber, er hat die Fräsen g'nommen und hat vor dem Beamten den herrlichsten Salat und die schensten Kohlstauden eing'ackert. Na, der hat vielleicht Augen g'macht! Aber mir hat des Herz bliat. Und jetzt sitz' i da und muaß euch sagen, heuer gibt's überhaupt nix mehr. Heuer is' Essig!“

Nun saßen wir alle ein wenig bedrückt herum und empfanden starkes Mitgefühl mit dem eingeackerten Gemüse, das unseren mittäglichen Tellern auf so brutale Weise abhanden gekommen war. Es war unser jüngster Beamter, noch ungebrochen vom Kleinkram des beruflichen Alltags, der sich als erster zu einigen Trostworten aufraffte dahingehend, es werde schon alles wieder werden und noch schöner, weil jetzt der Boden neu gedüngt sei, aber bei diesem Wort stöhnte der arme Willi so schmerzhaft auf, dass unser allgemeiner Trostwille wieder kraftlos in sich zusammensank. Wir versicherten uns nur mehr müde unserer davon keineswegs berührten Zuneigung und gegenseitigen Achtung, und mit neuerlichen Worten seiner Unschuld wie seines Bedauerns zog Willi in Richtung seines vitamindezimierten Domizils ab.

Wie sich später herausstellen sollte, waren nicht nur wir die einzigen Leidtragenden des überraschenden Kontrollamtsbesuches. Der gute

Willi hatte mit seinem Gemüse auch mit einigen Wirtshäusern einen schwunghaften Handel betrieben, ja sogar schmerzgebeugte Hinterbliebene belieferte er ständig mit seinen gesundheitsfördernden Produkten. Nun musste er bei all seinen Abnehmern vorstellig werden und hat sicherlich eine ähnlich mitleid-erregende Szene wie bei uns am Kommissariat zum Besten gegeben.

Ob die oftmalige Wiederholung dieses traumatischen Erlebnisses über seine Kräfte gegangen ist oder ob es der plötzliche Vitaminentzug war, unter dem Willi zu leiden hatte, er hat diesen Einschnitt in seine einträgliche Nebentätigkeit nicht mehr lange überlebt. Seither gibt es meines Wissens in Wien auf keinem Friedhof mehr knackiges Gemüse zu beziehen. In Wahrheit, überhaupt kein Gemüse mehr. Was ich, wenn ich mich an damals erinnere, zutiefst bedauere ...

-.-.-.-

Präsidiale Ästhetik oder Gesucht: Schlepper für Schlepper

Es war ein strahlender Sonntag Vormittag zu Beginn der Siebziger-Jahre. Polizeipräsident Holaubek wollte aus unerfindlichen Gründen ins Präsidium. An diesem Sonntag fuhr er wie jedes Mal am Schloss Schönbrunn vorbei, genoss die ausgewogenen Proportionen und das weltbekannte „Schönbrunner Gelb“ dieses Prachtbaues und hätte durchaus jedem, der es hören oder auch nicht hören wollte, erklärt, dass er stolz sei, ein Wiener zu sein. Man braucht ja auch im tristen Polizeialltag manchmal ein bisschen Ästhetik, damit die Sinne für das Schöne nicht zu früh abzustumpfen beginnen.

Jedoch, just an diesem Sonntag Vormittag sollte keine Sonne, kein Schönbrunner Gelb über den Schock hinweghelfen, den der schon ein wenig alternde Präsident just in dem Moment erlitt, als er hoffte, sein geliebtes Schönbrunn wiedererblicken zu können. Er erblickte nichts als eine graue Masse. Sein Atem stockte, dann befahl er seinem Chauffeur barsch anzuhalten. Ungläubigen Blickes verließ der Präsident seinen Dienstwagen, stand sprachlos dort, von wo man allen bisherigen Tagen ungehindert das Schloss erblicken konnte, und ließ Alarm schlagen.

Ich erfuhr von dem Vorfall durch einen Anruf der Verkehrsabteilung: „Es handelt sich um das Schloss Schönbrunn, der Holaubek is grad vor'm Haupteingang, und vor ihm steht a rumänischer Sattelschlepper, und der Holaubek will, dass der Sattelschleppeer wegkommt, aber wir finden den Fahrer net!“ Das war eindeutig als Hilferuf zu bewerten. Ich fuhr sofort hin, fand einen ungeduldigen Holaubek, der von einem Fuß auf den anderen stieg, umringt von einem Dutzend hilflos dreinblickender Verkehrspolizisten, die misstrauisch einen abgestellten Sattelschlepper musterten. Holaubek empfing mich mit den mir unvergesslich gebliebenen Worten: „Schau dir amal des architektonische Büld an!“ Er schleppte mich zu einem Standort, von dem aus das schöne Schloss und der heruntergekommene Sattelschlepper bildlich stark aufeinanderprallten, und wiederholte in purer Verzweiflung seinen denkwürdigen Satz. Ich stimmte ihm sofort zu – das war stets das Beste, und heute fiel es ja auch nicht schwer – und versprach, auf Abhilfe zu sinnen. „Ja“, munterte mich Holaubek auf, „übernimm’ du des, i bin ja ka Jurist!“ Sprach’s, stieg in seinen Wagen und verließ die Stätte architektonischen Grauens.

Zurück blieb pure Ratlosigkeit, aufgeteilt auf Verkehrspolizei, Polizeijuristen und – mittlerweile – auch auf die Feuerwehr. Denn sie konnte mit den ihr damals zur Verfügung stehenden Mitteln einen eingebremsten Sattelschlepper nicht von der Stelle bewegen. Dass die Windschutzscheibe des Gefährtes in der Zwischenzeit mit Strafmandaten – wegen des Parkverbotes – gepflastert war, half wenig. Es ging um die Frage: Wo war der Lenker? Aber solange wir auch berieten, warteten, Pläne schmiedeten, er tauchte nicht auf. Nun wäre es ein Leichtes gewesen, seiner habhaft zu werden, wenn wir die Luft aus den Reifen gelassen hätten, jedoch wäre dadurch das Gefährt noch länger an Ort und Stelle als Schandfleck des historischen Wiens verblieben. So sehr ich hin und her überlegte, ich musste letztlich zugeben, dass mir zur Auflösung dieses „architektonischen Bildes“ rein gar nichts einfiel. Aber ich hatte Holaubek meine Zusage gegeben. Mit sehr schlechtem Gewissen stieg auch ich letztendlich in meinen Dienstwagen und fuhr zurück in die Stadt. Lediglich einen Polizisten ließ ich zur Aufsicht zurück, weniger zum Schutz des „Bildes“ als wegen der doch noch möglichen Ergreifung des Lenkers.

Um drei Uhr Nachmittag rief mich der Polizist mit hörbar freudestrahlender Stimme an und meldete, der Lenker sei gekommen und habe das Gefährt entfernt. Auf meine Frage, warum er es gerade dort abgestellt habe, erfuhr ich, er sei derart besoffen gewesen und habe sich verfahren, sodass er die nächstbeste Möglichkeit ergriffen habe, seinen Wagen abzustellen, dann habe er sich irgendwo in ein Gebüsch gelegt und seinen Rausch ausgeschlafen.

Ich lobte den Polizisten, auch wenn er wenig zur Aufklärung beigetragen hatte, und rief Holaubek an: „Wir haben jetzt endlich den Sattelschlepper weggebracht!“ Zum Glück fragte er nicht nach den näheren Umständen, sondern sagte nur erleichteert: „Guat habt’s es g’macht!“

Das war mein letztes Zusammentreffen mit Holaubek, bevor er in Pension gegangen ist. Ich verhehle nicht, dass es auch mir Freude bereitete, ihm damals Freude gemacht zu haben. Obwohl keiner der Beteiligten sich dabei lobend erwähnen kann, denn die Auflösung des Falles lag einzig und allein im langsamen Verdunsten von Alkohol. Das aber hat Holaubek nie erfahren. Später hat er mich als Pensionist, als ich Stadthauptmann von Hietzing war, öfters besucht und manchmal zufrieden gemurmelt: „I hab' ja g'wusst, aus dir wird amal was!" Und ist zufrieden in den Schlosspark von Schönbrunn hinübergewandert ...

-.-.-.-.-

Der Richter und das Radar

Bis zu Beginn der Achtzigerjahre waren wir darauf angewiesen, Geschwindigkeitsüber-schreitungen zu schätzen, was so gut wie jedes Mal zu Streitereien geführt hat. Oftmals erfolgten dann die Verurteilungen wider die Behauptungen der Lenker, was auch bei uns ein flaues Gefühl hinterlassen hat. Heute liefert der Einsatz von Radar objektive Beweise.

Diese Radarbilder zeigen die inkriminierten Fahrzeuge entweder von hinten oder von vorne. Im letzteren Fall kann man auch den Lenker erkennen zum Leidwesen derer, die gerne einen anderen Lenker angeben wollen oder schon angegeben haben. Auf diese Weise gehen uns aber auch des öfteren Autodiebe ins Netz.

Eines Tages war wieder einmal ein Fahrzeug mit überhöhter Geschwindigkeit in eine Radarfalle geraten. Das war natürlich Alltag für uns, doch sollte dieser Fall sich zu einem ganz besonderen entwikkeln. Zunächst stellte sich heraus, dass der Wagen auf einen Richter des Landesgerichtes für Zivilrechtssachen angemeldet war. Wir stellten ihm eine Strafverfügung zu, worauf er mich äußerst erbost anrief, die blöde Polizei soll einmal schauen, dass sie nicht ständig Fehler macht, da müsse ein Irrtum vorliegen, denn er habe zu dieser angegebenen Zeit nachweislich eine Verhandlung im Landesgericht gehabt, das könne er ohne Schwierigkeiten beweisen.

Daraufhin überprüfte ich den Akt und stellte fest, dass auf dem Bild eine Frau am Steuer des Wagens zu sehen war, und neben ihr ein Mann. Ich rief also den Richter zurück und sagte ihm, dass ihm selbstverständlich seine Strafe erlassen werde, jedoch müsse er als Halter des Kraftfahrzeuges uns bekanntgeben, wer die Frau am Steuer gewesen sei. Dann werde eben sie bestraft. Der Richter antwortete, wieder sehr ungehalten, das sei auch nicht möglich, was ich da sage, sein Wagen sei mit Sicherheit in der Garage gestanden. Wohl habe seine Frau einen Führerschein, doch sei sie damals bei ihrer Mutter auf Besuch gewesen, und zwar mit öffentlichen Verkehrsmitteln.

Ich merkte, dass wir auf diese Weise nicht vorankamen, und machte den Vorschlag, er möge einmal, wenn er Zeit habe, auf einen Sprung bei mir vorbeikommen, damit ich ihm das Bild zeigen könne. Anscheinend hatte ich sein Interesse geweckt, denn wirklich kam er eines Nachmittags, und dieser „Sprung“ sollte sein Leben verändern.

Ich gab ihm das Bild, er sah es lange schweigend an, dann legte er es auf meinen Schreibtisch zurück und sagte nur: „So, und jetzt lasse ich mich scheiden!“ Später erfuhr ich, dass er seine Frau schon früher eines Fehltrittes überführt habe, woraufhin sie in einer Aussprache Stein und Bein geschworen habe, es sei alles aus und vorbei und es wäre nur ein Blödsinn gewesen, aber dieses Foto der Radarfalle hat ihm nun bewiesen, dass das Gegenteil der Fall war. Sie hatte ihre Mutter nur als Ausrede verwendet, und der Mann neben ihr im Wagen war zudem ein um etliches jüngerer Kollege jenes Richters. Seine Gattin bezahlte anstandslos – und auch noch ahnungslos – ihre Strafe. Einige Wochen später erreichte uns eine Anforderung des Landesgerichtes für Zivilrechtssachen zur Einsichtnahme in diesen Verwaltungsakt. Links oben, im Betreff, war zu lesen, dass es sich um die Ehescheidung dieses Richters handelte. Er hat seine Drohung also wahrgemacht.

Woraus der Schluss zu ziehen ist, dass es zu jenen Zeiten, als die Polizisten das Tempo noch schätzen mussten, weniger Ehescheidungen gegeben hat. So hat eben jede technische Entwicklung auch ihre Kehrseite, oftmals dort, wo man gar keine vermuten würde.

-.-.-.-.-

Der Lügendetektor

Eines Abends Mitte der Achtzigerjahre hatte ich wieder einmal nach meinem üblichen Dienst von halb acht bis drei viertel vier Zentraljournaldienst, wobei ich diesmal auch für den 7. Bezirk zuständig war. Dieser Bezirk hatte in letzter Zeit deshalb unter uns Polizisten für Aufsehen gesorgt, weil seine Aufklärungsrate ganz ungewöhnlich hoch war. Denn die Bezirke liegen untereinander diesbezüglich in ständiger Konkurrenz. Allmonatlich wird eine Reihung der Verbrechensaufklärung samt Rechenschaftsbericht herausgegeben, der die Gründe enthält, warum es mit der Erfolgskurve diesmal bergab gegangen ist – oder auch umgekehrt. Das kann man durchaus mit den Umsatzstatistiken der Filialen von Lebensmittelkonzernen vergleichen. Natürlich gab es dabei manche Eifersüchteleien, besonders aber wurde der Neid der Konkurrenz dadurch geweckt, dass eben dieser 7. Bezirk seit einiger Zeit und zudem noch kontinuierlich eine ungewöhnlich hohe Erfolgsrate aufzuweisen hatte. Das war uns „anderen“ unerklärlich, und so beschloss ich, mich an diesem Abend ein wenig als Spion zu betätigen und jenes Kommissariat zu visitieren.

Als ich eintraf, war ich schon zufrieden: Denn eben war die Einvernahme eines mutmaßlichen Einbrechers im Gange, und ich war gespannt, ob es gelingen würde, ihn einer Tat zu überführen oder ihn zu einem Geständnis zu bringen. Ich stand schweigend und nur als Beobachter im Hintergrund, da fiel mir mit der Zeit auf, dass der Delinquent dauernd auf seinem Sessel hin- und herrutschte. Dies schien auch der einvernehmende Beamte zu bemerken, denn alsbald forderte er sein Gegenüber auf: „Schau, gesteh’ doch endlich! Ein jeder sieht, wie unruhig du bist und dass du dauernd von einer Luag in die andere schlitterst. Du warst doch in dem G’schäft XY a einbrechen, gelt?“

Dazu muss man wissen, dass Einbrecher sehr oft eine eigene „Handschrift“ besitzen, also Parallelen in ihrer Vorgangsweise, die Rükkschlüsse zulässt, welche Taten wem zugeordnet werden könnten. Das einfach zu formulierende Ziel solcher Einvernahmen ist der erlösende Satz des Täters: „Ja, des war i a!“ Damit konnte meist ein weiterer Akt abgehakt werden.

Ich traute meinen Ohren kaum, als der Mann vor mir mit der Zeit drei Einbrüche zugab. Aber damit noch nicht genug, bohrte der Beamte weiter: „Du, es is’ am besten für di’, wannst glei’ alles zuagibst. Deswegen kriagst a net mehr Straf’, aber du kannst dir des Gewissen erleichtern. Du bist ja no’ immer so nervös und rutscht da auf dem Sessel umanand’, also mach’ reinen Tisch und mir san fertig!“ Und wirklich, er gab alles zu! Auf diese Weise wurden sieben Einbrüche auf einen Schlag geklärt – und die Statistik damit wiederum aufgebessert. Ich konnte nicht umhin, den Beamten zu gratulieren, sie lächelten – wie mir schien – stolz und ein wenig geschmeichelt, dann aber fügte ich noch meine seltsame Beobachtung hinzu und sagte: „Ich hab’ aber noch nie erlebt, dass einer dermaßen unruhig auf seinem Sessel herumrutscht. Da habt ihr vielleicht doch auch Glück gehabt, dass ihr einen Hypernervösen erwischt habt.“

Daraufhin warfen die Beamten einander einen schnellen Blick zu, und einer sagte: „Bei uns werden alle hypernervös." „Na ja", gab ich verständnisvoll zu, „eure Einvernahmen sind ja wirklich nicht schlecht, aber trotzdem, ich mach' das ja auch nicht erst seit gestern, aber so schnell ..." Ich schüttelte den Kopf, wenn ich mich an meine eigene Tätigkeit auf diesem Gebiet erinnerte. „Ich wer' Ihnen was zeigen!" Der Beamte, der die Einvernahme vorgenommen hatte, erhob sich, ging um den Schreibtisch herum zu dem Sessel, auf dem eben noch der Einbrecher gesessen war, hob ihn leicht an und wies auf die beiden vorderen Beine. „Schau'n S'" her", sagte er, „des is' der ganze Trick für die Nervosität. Wir haben die zwa vorderen Füaß a wenig ab-g'sagelt, sodaß er mit'n Hintern beim Sitzen ständig nach vorn rutscht, und des schaut so aus, als war er unhamlich nervös – und dadurch wird er ja a wirklich nervös. Und wie Sie seh'n, funktioniert des sehr guat!" Das war aber nicht der einzige Trick, den die Mannschaft benützte, um ihre Erfolgsstatistik auf Erfolgskurs zu halten.

Die nächste Einvernahme galt wieder einem Einbrecher, einem sogenannten „Steher", womit gemeint ist, dass er hartnäckig lügt oder schweigt und mit keinem Mittel zu einem Geständnis zu bewegen ist. Er nahm wie sein Vorgänger auf dem „schiefen" Sessel Platz, rutschte ebenfalls scheinbar nervös herum, bestritt aber ständig seine ihm vorgeworfene Nervosität. Nein, er sei es nicht gewesen, nein, er sei auch nicht nervös, nein, er habe nichts zu gestehen, das sei alles ein Irrtum – mehr war aus ihm auch mit größter Mühe nicht herauszubringen. Fast wäre ich schon ein wenig befriedigt gewesen, dass auch hier nur mit Wasser gekocht wird und sie nicht den Stein der Weisen gefunden haben, als sie dem hartnäckig Leugnenden auf einmal in Aussicht stellten, man werde jetzt einmal wissenschaftlich überprüfen, ob er wirklich die Wahrheit sage. „Komm", wurde er aufgefordert, „wir geh'n ins Nebenzimmer, da hamma an Lügendetektor!"

Ich war zutiefst erstaunt und folgte ihnen neugierig in jenen Nebenraum, in dem auf einem Tisch ein altmodisch wirkendes Gerät stand, mit einer Vielzahl von Hebeln, Lamperln, Drähten und Zeigern. Der mutmaßliche Einbrecher wurde ganz stilgerecht verkabelt, ein Beamter bezog hinter dem Gerät Stellung, der andere vor ihm, und nun begann das Verhör aufs Neue: Und immer, wenn der Delinquent sagte: „Nein, das war ich nicht!“, schlugen auf einmal die Zeiger auf dem Gerät wie wild aus, und ein paar Lampen begannen zu blinken. „Das is' eine Lüge!“ triumphierte der Beamte, und als das ein paarmal auf diese Art funktionierte, brach dem „Steher“ wirklich der Schweiß aus, er wurde nervös und nervöser und versuchte, sich zu retten, indem er sagte: „I hab' geglaubt, sowas gilt net bei Gericht!“ „Da bist du aber net am laufenden“, konterte einer der Beamten, „seit neuestem gibt's darüber a Entscheidung vom OGH (Oberster Gerichtshof), und darum hamma des Ding jetzt da!“

Das zeitigte Wirkung. Der Steher „brach zusammen“ – das ist auch ein Fachausdruck und bedeutet, er gestand – und seine Geständnisse konnten auch auf deren Richtigkeit überprüft werden. Als er abgeführt war, untersuchte ich das Gerät näher und stellte fest, dass es sich um ein uraltes Funkgerät der Polizei handelte, wie es bereits seit ungefähr 20 Jahren nicht mehr verwendet wurde.

Beide – zweifellos erfolgreichen – Tricks haben in die Vernehmungstechnik der Polizei allerdings keinen dauernden Eingang gefunden.

-.-.-.-.-

Unterwegs mit Kaiser und König

Nun begannen also die ersten Erfolge in mein berufliches Dasein hereinzutröpfeln, was an höherer Stelle sehr positiv vermerkt worden sein muss, denn es dauerte nicht allzu lange, wurde ich zum Leiter des Asylamtes in die Tannengasse im 15. Wiener Gemeindebezirk ernannt. Selbstverständlich prägte meine berufliche „Vaterfigur", Polizeipräsident Holaubek, immer noch – um nicht zu sagen, immer mehr – meine Entscheidungen, und wenn ich schon nicht das Glück, das er mir zu Beginn meiner Laufbahn gewünscht hatte, beeinflussen konnte, so versuchte ich wenigstens, ihn nicht zu enttäuschen. Gerade das aber wäre mir mit einem einzigen unbedachten Einsatz einmal fast gelungen:

Zu jener Zeit strömten Fremdarbeiter ins Land, teils legal, teils illegal. Fremdarbeiterquartiere wurden bettweise und pro Nacht um oft horrende Summen vermietet, und so mancher hat sich an der Not dieser armen Menschen unzumutbar bereichert. Unsere Aufgabe von der Fremdenpolizei war es, auch und vor allem des Nachts Streifen durchzuführen, mit dem Ziel, illegal, das heisst ohne Visum eingereiste Ausländer aufzuspüren. Was wir dabei manchmal an „Quartier" zu sehen bekamen, war haarsträubend. Auf Zimmer/Küche lebten oftmals fast ein Dutzend Menschen, und die Betten standen so eng, dass einer über den anderen klettern musste, sobald er ein menschliches Rühren verspürte.

Eines Nachts hatten wir einen Einsatz in der Österreichergasse im 23. Wiener Gemeindebezirk. Wir, das waren zwei ältere Kriminalbeamte, und ich. Niemals mehr in meinem ganzen Leben sollte ich mit so erlauchten Namen unterwegs sein wie in dieser denkwürdigen Nacht. Der eine Beamte hieß „Kaiser", der andere „König", aber selbst diese „ehrwürdige" Begleitung war nicht im Stande, meinen jugendlichen Heißsporn zu bremsen.

Wir hatten eine verdächtige Adresse angegeben bekommen, und als wir an der Türe klopften, wurde nicht geöffnet, was in uns sofort den Verdacht reifen ließ: Da werden wir fündig; zumal wir von innen Geräusche und unterdrückte Stimmen vernommen hatten. Wir wollten die Türe aber nicht aufbrechen, denn ich hatte eine andere Möglichkeit erspäht, die unserem Einsatz eine erfolgversprechende Wendung geben könnte: eine offene Oberlichte. Da meine beiden „monarchischen“ Begleiter zwar sehr nette Beamte waren, ihre Gelenkigkeit aber auf ihrem langen Beamtenweg zum Großteil schon eingebüßt hatten, war das Äußerste, wozu sie in dieser Situation fähig waren, mir die Räuberleiter zu machen. So quetschte ich mich, auf Kaiser und König abfedernd, durch jene Oberlichte in ein mir unbekanntes Dunkel. Ich plumpste jenseits der versperrten Türe hinunter, rappelte mich auf, und nahm im Nebenraum die Schatten mehrerer Personen wahr. Langsam tastete meine Hand die Wand entlang nach dem Lichtschalter, den ich auch glücklich fand. Indes wurde mir leider nicht genügend bewusst, dass ich von meinen beiden Kollegen durch eine versperrte Türe getrennt war. Die beiden waren da draußen zur absoluten Hilflosigkeit verurteilt, gleichsam zu einer Art „Beamtenstatisterie“. Als in der Küche, in der ich mich befand, das Licht anging, sah ich in der Türfüllung zum Nebenraum einen Mann und eine Frau, sichtlich Bewohner südlicher Gefilde, und fünf verschieden alte Kinder, die mich ängstlich anstarrten. Ich gab mich sofort als Polizist zu erkennen, was sie nicht zu beruhigen schien, und als ich das Wort „Pass“ in allen mir bekannten Sprachen möglichst deutlich formulierte, konnten oder wollten sie mich nicht verstehen. Bewegung kam in die Gruppe erst, als ich mit dem Wort „Schubhaft“ drohte. Siehe da, der Pass war in Windeseile gefunden, aufgeblättert, aber wie ich befürchtet hatte, es fehlte die Aufenthaltsberechtigung in Form eines Visums. Also musste ich „Schubhaft“ wiederholen, mit der deutlichen Aufforderung an alle vor mir stehenden Personen, mir zu folgen.

Im nächsten Augenblick duckte sich der Mann vor mir, in seiner Rechten blitzte die Klinge eines Brotmessers. Erst jetzt, im Bruchteil einer Zehntelsekunde, als ich die Pistole aus dem Halfter riss und auf meinen Gegner anhielt, bereute ich meinen Fehler: dass ich mit dem Rücken zu einer versperrten Tür stand und vor mir sieben mir keineswegs freundlich gesinnte Zeitgenossen. Zum Glück, zu seinem wie zu meinem, besann sich der Mann aber, er ließ das Messer fallen, und ich drehte sofort den Schlüssel im Schloss. Das war ja noch einmal gut gegangen, aber was wäre gewesen, wenn ...? Ich hätte schießen müssen!

Mit ein wenig zittrigen Fingern steckte ich die Pistole wieder weg, und jetzt halfen mir meine beiden Kollegen, die sieben Bewohner zu eskortieren. Und keiner von ihnen ahnte, dass sie von einem Kaiser und einem König begleitet wurden.

Auf irgendeine Art und Weise erfuhr Holaubek von diesem Einsatz. Eines Tages läutete um neun Uhr in der Früh bei mir das Telefon: Holaubek war persönlich am anderen Ende der Leitung, las mir in ganz unmissverständlicher Weise die Leviten und hielt mir einen Vortrag über Eigensicherung. „In seinem Enthusiasmus muss man auch seine Grenzen finden!“ belehrte er mich streng, aber nicht unfreundlich. Schließlich verlangte er sogar eine schriftliche Erklärung von mir, in der ich versprechen musste, nie mehr ohne Eigensicherung vorzugehen. „Ich mag keine toten Polizisten!“ lautete sein Schlusssatz, dem ich vollinhaltlich zustimmen konnte. Und ich nahm mir ganz fest vor, zu seiner und meiner Freude auch keiner zu werden.

-.-.-.-.-

Fast ein Betriebsausflug

Anfang der Siebzigerjahre kam es vor allem aus dem damaligen Jugoslawien zu einem verstärkten Zuzug von Fremdarbeitern nach Österreich, und in deren Schlepptau befand sich auch eine beträchtliche Zahl von Illegalen, also Leute ohne Visum, die wie es das Gesetz verlangt, abgeschoben wurden. Dies erfolgte mittels einem speziell für solche Zwecke umgebauten Autobus, der im Mittelteil, wo die Häftlinge saßen, nur kleine Fenster hatte, und der sowohl zur Fahrer-

seite, wo sich ein Bewacher aufhielt, wie auch zur Rückwand, auf der ebenfalls zwei Begleiter Platz nahmen, mit schusssicherem Glas abgetrennt war. Natürlich war nicht damit zu rechnen, dass in so einem Bus Schüsse fielen, aber man durfte die Wut und Verzweiflung nicht unterschätzen, die manchmal in den Abgeschobenen ausbrechen konnte. Immerhin standen über 40 Häftlingen nur vier Bewacher „entgegen", und harte Maßnahmen wie eben der Gebrauch der Schusswaffe, wollte man von vornherein ausschließen. Mit Hilfe eines Lautsprechers war die Verständigung sowohl von der Fahrerseite wie auch vom Heck aus mit den Schubhäftlingen möglich. Natürlich gab

es manchmal disziplinäre Schwierigkeiten, aber da den Abgeschobenen in ihrer Heimat keine Verfolgung, geschweige denn Lebensgefahr drohte, hielt sich das „Wutpotential" in Grenzen.

Dieser Bus fuhr laut Anordnung und nach vertraglicher Vereinbarung mit Jugoslawien von Wien bis zur Grenze Österreichs bei Spielfeld-Straß. Dort wurden die Häftlinge von den jugoslawischen Behörden übernommen und unser Bus sollte umkehren und heimfahren. So wurde es uns immer gesagt, so war es geplant, so haben wir es geglaubt. Ausgeführt aber wurde es anders, was ich zu diesem Zeitpunkt noch nicht wusste. Ich war damals Oberkommissär der Staatspolizei und wurde stutzig, als eines Tages einige Beschwerden von ehemaligen Schubhäftlingen eintrudelten, die nach ein oder zwei Jahren wieder – und diesmal ganz legal – nach Österreich zurückgekehrt waren. Legal deshalb, weil Illegale damals mit einem Aufenthaltsverbot von einem Jahr belegt wurden. Nach dieser Zeit konnten sie legal einreisen und hier arbeiten, soferne sie ein Leumundszeugnis beibringen konnten, also ein Gesundheitszeugnis und den Nachweis einer Berufsausbildung. Damals waren gewisse Berufe besonders gefragt, zum Beispiel am Bau, im Gastgewerbe, bei Drehern, im Straßenbau oder für Frauen wurden Arbeiten am Fließband in Glühlampen- oder Reifenfabriken angeboten. Auch die Stickereien in Vorarlberg suchten Arbeiterinnen, und alle wurden selbstverständlich nach dem Kollektivvertrag bezahlt. Nicht nur das, es gab auch ein zwischenstaatliches Übereinkommen, wonach die Republik Österreich diesen Arbeitern, wenn sie wieder in ihre Heimat zurückkehrten, eine Pension zahlte. Diese Möglichkeit war damals noch nicht selbstverständlich, es gab kaum Türken oder andere Nationalitäten in Österreich, sondern vorwiegend Jugoslawen. Davon profitierten beide Seiten, sowohl unsere Wirtschaft wie auch die Fremdarbeiter samt ihren Familien. Der damalige Präsident Tito war ein weitblickender Mann: Als erster Oststaat Europas ermöglichte Tito seinen Staatsbürgern durch einen Vertrag zwischen Österreich und Jugoslawien, ins Ausland arbeiten zu gehen. Gleichzeitig wurde die Visapflicht für Österreicher abgeschafft. Das war eine sehr kluge Maßnahme, denn damit wurde der Fremdenverkehr an der jugoslawischen Adriaküste angekurbelt und Devisen kamen ins Land; auch durch die Geldsendungen der Gastarbeiter an ihre Familien in der Heimat.

Nun also hatten legal zurückgekommene Fremdarbeiter sich beschwert, sie seien im Zuge der damaligen Abschiebung geschlagen worden. Sie konnten zwar nicht angeben, wo, aber es war von ihnen ja auch nicht zu erwarten, dass sie sagen konnten: „Ja, so ungefähr nach Leibnitz.“ Immerhin war das eine schwere Anschuldigung, der man nachzugehen hatte.

Ich besprach mich mit meinem Vorgesetzten, und wir beschlossen, ich sollte einmal so einen Transport in Zivil begleiten und beobachten, wie jene Maßnahmen, die wir alle vom Papier her kannten, eigentlich in die Tat umgesetzt wurden. Ich war völlig ahnungslos, welche Blüten in der Praxis aus nüchternen Paragraphen wuchern können!

So habe ich mich eines Morgens als fünfter Begleiter hinten in einen derartigen Bus gesetzt. Die Fahrt begann jedes Mal beim Polizeigefangenenhaus an der Roßauer Lände, im Volksmund liebevoll „Liesl" genannt, weil sich an jener Stelle früher einmal die „Elisabeth-Promenade" befunden hat. Wenn der Wiener sagt, er war in der Liesl, so will er damit kein intimes Lusterlebnis beschreiben, ganz im Gegenteil, er war dort, wo intime Begegnungen mit dem anderen Geschlecht nicht an der Tagesordnung stehen, nämlich im Gefängnis.

Zunächst einmal begann alles sehr gemütlich: Die Jugoslawen, wie wir sie nannten, obwohl sie eigentlich Serben, Kroaten, Montenegriner, Bosnier und so weiter waren, schleppten ihre Habseligkeiten herbei, Koffer, Taschen, Sackerln, alles prall gefüllt, sodass sich dem unbedarften Zuschauer das Bild einer beginnenden Vergnügungsfahrt bot. Als einer von ihnen auch eine Ziehharmonika brachte, wirkte dies wie eine fast überflüssige Bestätigung des bisherigen Eindrucks. Kaum hatte der Bus Wien verlassen, ertönten die ersten Klänge aus seinem Instrument, Lieder seiner Heimat, in die die meisten Schubhäftlinge bereitwillig einfielen. Daraus entwickelte sich ein an Wunschkonzerte des Rundfunks erinnernder Ablauf, der gute Mann spielte auf Zuruf, was er konnte, und das war nicht wenig. Meine uniformierten Begleiter meinten, ich hätte besonderes Glück, so einen gemütlichen Transport habe es noch nicht oft gegeben. Dass sie heute besonderes Pech haben würden, hat zu diesem Zeitpunkt noch keiner von uns allen geahnt ...

Das Konzert wurde durch menschliches Rühren zwangsweise unterbrochen: Zum Glück und zur Vereinfachung der Prozedur gab es in der Steiermarkt direkt an der damaligen Bundesstraßenstrecke einen Gasthof, der von einem pensionierten Gendarmeriebeamten geführt wurde. Nichts war selbstverständlicher, als hier Station zu machen und einen Kollegen sowohl zu besuchen wie auch seinen Umsatz zu heben. Zunächst hob sich allerdings nur der „Umsatz" der Toilettenbesuche, aber selbst diese waren perfekt ausgeklügelt. Denn wie schon erwähnt, waren die Bewacher den Häftlingen gegenüber an der Zahl extrem unterlegen. Es galt also, keinerlei Gelegenheit zur Flucht aufkommen zu lassen. Dieser pensionierte Gendarmeriebeamte in seiner weisen Voraussicht und seinem Verständnis für berufliche Anliegen seiner Kollegen hatte die Toiletten seiner Erfrischungsstätte so anlegen lassen, dass es unserem Bus möglich war, ganz nahe zuzufahren, gleichsam Tür an Tür. Daraufhin bezog an beiden Seiten, an denen theoretisch ein Häftling hätte entweichen können, ein Beamter Stellung und füllte mit seinem Körper den schmalen Spalt zwischen Buswand und Toilettenhauswand aus. Zudem wurden die Häftlinge nur einzeln auf das „Örtchen" vorgelassen. Wer Geld hatte, konnte sich auch etwas kaufen, was aber nicht notwendig war, weil jeder von ihnen ein Lunchpackerl mitbekommen hatte.

Nach dieser Erleichterung ging die Fahrt weiter, nun herrschte Ruhe, denn der Musikant war sichtlich des Musizierens müde geworden, und meine Kollegen begannen, sich über die kleinen und großen Probleme ihres Lebens zu unterhalten. Gesprächsstoff lieferten die nächsten oder die letzten Gehaltsverhandlungen, sie klagten über den neuen Uniformstoff, weil er so kratzte, dafür seien zwar die Schuhe besser, aber die neuen Tellerkappen wieder schlechter. Dann wechselte das Thema auf die Familien. Die Kinder bereiteten natürlich auch einige Sorgen, dieses Jahr erst sei der Älteste in Mathematik durchgefallen, was soll man da machen? Und er will einmal justament nicht zur Polizei gehen, mein Kollege verstand das gar nicht. Nein, natürlich, man verdient nicht viel und es ist ein schwerer Job. Alle wollen sie hoch hinaus, und alle bedenken nicht, dass man, wenn man hoch oben ist, auch immer im Scheinwerferlicht steht. Das schaut zwar verlockend aus, ist es aber nicht, denn man kann sehr schnell wieder unten sein. Aber wenn man von Haus aus unten ist, kann man nicht so tief fallen, und außerdem, man kann sich's ja doch immer wieder ein bisserl richten, nicht wahr? Wenn man es schlau anstellt ... Und mein Kollege stieß mich kollegial mit dem Ellbogen in die Seite, zwinkerte mir zu, und ich lächelte freundlich und verständnisvoll zurück. Ich hatte den Eindruck, nun war der Oberkommissär der Staatspolizei in ihrem Kreis akzeptiert worden.

Mit derartigen tief philosophischen Lebensbetrachtungen und geistigen Verbrüderungen wie auch zeitweiligem Aufkeimen musikalischer Darbietungen im Inneren des Busses durch unseren mitfahrenden Harmonikaspieler erreichten wir die Bundespolizeidirektion Graz. Dort wehte ein anderer Wind, weil der geschützte Innenhof andere Möglichkeiten der Bewachung bot. So durften alle Häftlinge den Bus zugleich verlassen, wieder die Toiletten aufsuchen, ein wenig spazierengehen, bis der Befehl ertönte, jetzt werde der Bus gereinigt. Da standen schon Besen bereit und Kübel mit Fetzen, es kam Bewegung in die Menge, und alle erklärten sich mit dieser Beschäftigung einverstanden bis auf drei, die mit den deutlichen Worten: „Ich nix!" zu verstehen gaben, dass die Reinigung ihres Transportmittels nicht ihr innerstes Anliegen war. Auch fühlten sie wenig Bedürfnis, für die österreichische Polizei tätig zu werden. Sie sonderten sich ab, rauchten genüsslich ein paar Zigaretten und schüttelten über ihre eifrig werkenden Mitreisenden nur verwundert den Kopf. Ihre Arbeitsverweigerung wurde ohne weitere Aufforderung zur Kenntnis genommen, was mich wunderte. Noch mehr wunderte ich mich aber über das süffisante Lächeln, das ich in den meisten Gesichtern der Bewacher zu bemerken glaubte.

In der Gegend von Leibnitz wurde meine bisherige Ahnungslosigkeit zerstreut: In einem harmlos beginnenden Gespräch mit meinen Beifahrern wurde mir eröffnet, dass sie nun schon längere Zeit solche Transporte durchführten und noch nie etwas passiert sei. Sie würden daher auch die slowenischen Grenzbeamten schon sehr gut kennen, wirklich sehr gut, das könne ich ihnen ohne weiteres glauben. Ich glaubte ihnen das auch ohne weiteres, weil es ja ganz plausibel klang. Aber die Geschichte war erst an ihrem Anfang: „Deshalb", fuhr mein Kollege zur Rechten fort, „haben uns unsere Freunde an der Grenze ersucht, ob wir etwas gegen eine organisatorische Vereinfachung hätten. Was sollen wir dagegen haben, einfach ist immer gut, haben wir geantwortet. Weil, so haben die uns erklärt, es für sie schwer ist, einen Bus, wie wir ihn haben, aufzutreiben, denn sie haben ja keine Fremdarbeiter und schon gar keine, die sie abschieben müssten. Es flüchten auch keine Leute nach Jugoslawien, und sie hätten nur Schwierigkeiten, auch mit dem Umladen der Häftlinge an der Grenze. Da könnte ihnen leicht einer auskommen, ist ja klar, nicht wahr?"

Ich nickte, aber mir war nicht ganz wohl dabei. Nicht zu Unrecht, wie sich gleich zeigen sollte, als mein „Aufklärer" fortfuhr: „Na ja, und so haben die uns ersucht, ob wir nicht gleich mit unserem Bus bis nach Marburg ins Gefängnis weiterfahren könnten. Und wir haben gesagt, ja, warum denn nicht, das sind ja nur zwanzig Kilometer! Na, hätten Sie sehen sollen, wie sich die gefreut haben. Und Amtshilfe – das ist ja was Schönes, nicht wahr?" setzte er mit entwaffnend unschuldiger Miene hinzu.

Ich nickte wieder, aber jetzt war mir überhaupt nicht wohl. Immerhin saßen wir in einem österreichischen Polizeibus mit Blaulicht und mit uniformierten, österreichischen Exekutivbeamten, die möglicherweise auf fremdem Staatsgebiet Amtshandlungen gegenüber ausländischen Staatsbürgern setzen müssten, nämlich den Häftlingen, lediglich über mündliches Ersuchen der Grenzbeamten auf freundschaftlicher Basis. Das war nirgends rechtlich gedeckt und daher völlig unmöglich und gar nicht ungefährlich! Was, wenn der Bus eine Panne hätte? Wenn einer zu flüchten versucht? Wenn ein Unfall passiert? Ich äußerte meine Bedenken, bekam aber nur zu hören: „Na, na, regen'S Ihnen net auf, Herr Doktor, wir machen des schon so oft, und es is' noch nie was passiert. Und wenn wir eine Panne haben, dann helfen uns unsere Häftlinge schon dabei, weil wir san eh schon in ihrer Heimat, wohin sollen sie denn da noch viel flüchten?"

Ich gab mich geschlagen – aber nur für den Moment. Bis mir einfiel, dass ich ja gar keinen Pass mithatte. Darüber lachten meine Begleiter nur und meinten, so etwas brauchen wir nicht, wir haben mit denen so ein gutes Verhältnis, ich werde Augen machen! Dessen war ich mittlerweile sicher.

Wir kamen an die Grenze und wurden wie alte Bekannte mit freundlichem Hallo begrüßt. Ich stellte fest, dass sich alle nur mit dem Vornamen anredeten, der Pepi, der Dusan, der Karl, der Slobodan, da gab es Lachen und Händeschütteln und Schulterklopfen und die für mich seltsame Bemerkung eines jugoslawischen Grenzbeamten, die übrigens alle Slowenen waren: „Pepi, alles, was du bestellt hast, ist da, du kannst das dann auf der Rückfahrt mitnehmen."

Was soll das heißen? Was war da – gleichsam hinter dem Rücken der Vorgesetzten und aller vertraglichen Vereinbarungen – im Gange? Wieder wurde ich hellhörig, hatte aber wenig Zeit zu überlegen, weil nun ich von meinen Kollegen ihren slowenischen Freunden vorgestellt wurde. Anfangs waren sie ein wenig misstrauisch, was ist das, ein Oberkommissär aus Wien, noch dazu in Zivil? Aber meine Begleiter beruhigten sie sofort mit einem Ausspruch, der keine Widerrede duldet: „Na, na, der is' ganz in Ordnung. Des is' aner von uns!" Daraufhin wurde das Händeschütteln und Schulterklopfen auch auf mich ausgedehnt, bis endlich wieder die Pflicht zur Sache rief, was zunächst in der Mahnung bestand, wir sollten nach der Ablieferung unserer Fracht im Marburger Gefängnis ja nicht vergessen, es sei schon alles hergerichtet im Wirtshaus „Zum rosigen Schweinderl", worauf sich Jubel unter meinen Kollegen erhob. Ich schaute möglichst wenig erstaunt drein und war gespannt, was ich an diesem bisher schon ereignisreichen Tag noch alles erleben sollte.

Wir fuhren weiter Richtung Marburg, und dort bemerkten wir, dass unser Fahrer sehr ortskundig war, er kannte jede Einbahn und jede aktuelle Umleitung, ich glaube, er hätte im Schlaf ins Gefängnis gefunden. Als wir auf unser Ziel zusteuerten, bemerkte ich mit größtem Erstaunen, dass sich, noch während wir fuhren, wie von Geisterhand gesteuert, die Tore des Gefängnisses öffneten und wir eingelassen wurden. Keinerlei Formalitäten, kein Warten, kein unnötiger Aufenthalt, alles lief „wie geschmiert". Drinnen ähnliche Szenen wie an der Grenze: Lachende Gesichter, Händeschütteln, Schulterklopfen, freudige Rufe des Wiedererkennens, und ich bemerkte, dass das Personal dieses Etablissements recht gut Deutsch sprach und noch besser verstand. Das Verstehen wurde überhaupt großgeschrieben. Ich fühlte mich ein wenig wie ein Fremdkörper in dieser Verbrüderungslandschaft, aber nicht lange, denn sogleich eilte der Gefängnisdirektor herbei, um mich willkommen zu heißen. Er war nämlich von der Grenze aus dahingehend informiert worden, dass heute „ein Fremder" dabei sei, zwar auch ein Kollege, aber eben ein Neuer, und der sei wahrscheinlich „etwas Besseres", und daher fühlte er sich verpflichtet, mich persönlich willkommen zu heißen, mit warmem Händedruck, diesmal aber ohne Schulterklopfen. Er bat mich hinauf in seine

Amtsräume, wo er bereits Kaffee und Kuchen für uns vorbereitet habe. Irgendwie kam ich mir vor wie in einer Operette.

Eben als ich mich umwandte, um dem Herrn Direktor zum Kaffee zu folgen, nahm ich aus den Augenwinkeln eine seltsame, aber sehr aufklärende Szene wahr. Die bisher zur Schau gestellte Menschlichkeit und Verbrüderung machte nämlich sichtlich vor den eigenen Landsleuten, den Schubhäftlingen, die da aus dem Bus krochen, Halt. Ein slowenischer Unteroffizier hatte einen meiner Begleiter gefragt: „Und? Waren die alle brav?" Worauf er zur Antwort erhielt, ja, alle seien brav gewesen, bis auf drei. Und zwar jene drei, die sich geweigert hatten, die Bröseln und Papierln in Graz wegzuräumen. Daraufhin wurden die drei abgesondert, während alle anderen in ein Gebäude eskortiert wurden. Ich fragte den Gefängnisdirektor, was mit diesen drei Personen jetzt geschähe.
„Nun", antwortete er mir, „jetzt schauen wir einmal nach, aus welchen Teilrepubliken die stammen. Das machen wir bei allen, um zu sehen, ob gegen die was vorliegt. Finden wir nichts, lassen wir sie laufen, finden wir was, sei es, dass er was gestohlen hat oder Alimente nicht bezahlt hat, darf er bei uns bleiben. Bei diesen Dreien aber gehen wir anders vor: Zunächst fragen wir nach in jener Teilrepublik, wo sie geboren worden sind, also zum Beispiel in Montenegro. Finden wir nichts, dann lassen wir uns einmal drei Tage Zeit, bevor wir in Serbien nachfragen. Finden wir auch dort nichts, lassen wir uns wieder drei Tage Zeit, bevor wir in Bosnien anfragen – und so weiter und so fort, durch alle Republiken durch. Der sitzt einmal sicher 14 Tage bei uns."
Zufrieden lächelte er vor sich hin, während ich dachte zu träumen: Mir zur Seite hörte ich Geräusche, die nach Ohrfeigen klangen. Ich wandte mich rasch um und sah, wie jene drei Unbotmäßigen eben von den jugoslawischen Beamten ein paar riesige Watschen erhielten – als Strafe dafür, dass sie sich geweigert hatten, den Bus ihrer österreichischen Freunde sauberzumachen. Hier also war die Quelle jener Beschwerden zu finden. Ich schaute den Direktor fragend und vorwurfsvoll an, er aber lächelte zufrieden und sagte: „Das haben sie sich verdient. Kommen Sie, der Kaffee wartet!"

In seinem Büro wurden mir noch zur Bekräftigung der schnell geschlossenen Freundschaft zwei Flaschen Wein als Gastgeschenk mit den vorsorglichen Worten überreicht, wenn er einmal nach Wien komme, dann könnte ich mich ja irgendwie revanchieren. Und er lachte übers ganze Gesicht.

Nachdenklich ging ich, mit meinen beiden Flaschen unterm Arm, in den Hof zurück. Natürlich! Jetzt ging mir ein Licht auf! Ein unheimlicher Verdacht machte sich in mir breit. Im Gefängnishof bemerkte ich die drei „unbotmäßigen" Häftlinge mit eindeutig geschwollenen Gesichtern, wie sie unseren österreichischen Autobus schrubbten und polierten. Ich fragte einen meiner österreichischen Beamten, was den Gesinnungswandel herbeigeführt hatte. Er lächelte hintergründig und bemerkte beiläufig, dass unsere slowenischen Kollegen und Brüder „nachgeholfen" hätten. Dieses „Nachhelfen" begleitete er mit einer eindeutigen heftigen Handbewegung. Ich fragte naiv weiter, ob das Schlagen durch die Polizei in Jugoslawien erlaubt sei. Mein Gesprächspartner lachte jetzt breit und sagte ganz einfach: „Herr Doktor, fragen Sie sie selber", was ich auch prompt machte. Ein slowenischer Polizeiunteroffizier gab mir bereitwillig Auskunft. Im jetzt schon brüderlichen Ton erklärte er mir: „Doktor, Du weißt selber, manche Menschen brauchen Fotzen! Ihr habt ja ein gutes Sprichwort ‚Wer nicht hören will, muss fühlen'. Wenn er sich beschweren will, kriegt er noch ane. Wenn das alles nicht hilft, wird er angezeigt wegen Beleidigung der Polizei von Marschall Tito. Dann bekommt er garantiert ein halbes Jahr Gefängnis und Zwangsarbeit aufgebrummt. Anders kann man mit wilden Bergvölkern aus dem Balkan nicht umgehen. Wenn wer frech ist zu österreichischen Polizeikollegen, so ist es selbstverständlich, dass wir den österreichischen Polizisten helfen, wenn diese nicht dürfen oder nicht können." Jetzt war mir der Sachverhalt ganz klar. Die Beschwerdeführer in Wien wurden wirklich geschlagen, zwar nicht von österreichischen, jedoch von ihren brüderlichen slowenischen Beamten. Jene Beschwerdeführer konnten keinen Grenzübertritt feststellen, es gab keine Kontrollen, immer wurde Deutsch gesprochen, und für jemanden, der zum Beispiel aus dem tiefsten Montenegro kommt, war es schwer möglich festzustellen, dass, zumal immer österreichische Uniformierte anwesend waren, sie sich nicht mehr in Österreich befanden.

Gegen Abend verließen wir das gastliche Gefängnis, um den nächsten gastlichen Ort aufzusuchen. Ohne irgendeine Unsicherheit in der Orientierung zu zeigen, bog unser Fahrer plötzlich – noch auf slowenischem Gebiet – von der Hauptstraße ab, kurvte über ein paar Nebenstraßen, bis er endlich und – wie mir sofort auffiel – sehr versteckt hinter einer Buschreihe hielt. Wir waren an unserem nächsten Ziel, vielleicht dem für die Begleitmannschaft wichtigsten angelangt, beim Wirtshaus „Zum rosigen Schweinderl". „Da is' des Essen dulli", hatte mir mein Kollege zur Rechten leise schmatzend versichert, „die Wirtin is' ganz a bsondere Typen, und die Maderln" – er meinte, wie sich später herausstellen sollte – die Serviererinnen, - da versagten ihm die Worte den Dienst und seine Lippen verformten sich zu einem Spitzmund samt dazugehörigem Schnalzer. Bei unserem Eintreten brach Jubel, Trubel und Heiterkeit aus, denn die slowenischen Kollegen waren, wie es ihr Dienst erlaubte oder vielleicht auch nicht erlaubte, alle schon da. Wieder Händeschütteln, Schulterklopfen garniert mit Willkommensbeteuerungen der sehr molligen Wirtin und freudigem Lächeln der nicht unhübschen Mädchen, die hier die Bedienung versahen. Das Lokal war wirklich sehr gemütlich, wie ein Dorfwirtshaus bei uns in den Fünfzigerjahren, roher Holzfußboden mit Bohlen, Holztische ohne Tischtuch, aber sauber, und wäre ich nicht auf einer heiklen Dienstfahrt gewesen, ich hätte mich sofort ebenfalls „sauwohl" gefühlt. Dies taten meine Kollegen ganz ungeniert, die Wirtin scherzte und lachte und kochte zum Glück auch ganz hervorragend, sodass kein Schimmer einer Trübnis auf unser geselliges Beisammensein fiel. Nun fühlte ich mich wiederum in eine Oper versetzt, nämlich in eine gewisse Szene von „Carmen", in der ein Polizeioffizier grundsätzlich nichts zu suchen hätte. Oder besser, er würde in einer solchen Szene sogar sehr fündig werden. Dass ich mich in meiner Phantasie so nahe der Wirklichkeit befand, hätte ich mir nicht träumen lassen. Das Essen war so billig, dass es fast ein Geschenk war. Mir fiel nur auf, dass wir gleichsam unter uns waren, es gab keine fremden Besucher oder Gäste, anscheinend war das Lokal für diesen Abend für Laufkundschaft gesperrt. Das tat der Stimmung keinen Abbruch, alles war ja wieder einmal so gut gegangen, es hatte keinerlei Vorkommnisse gegeben, ein paar haben ihre verdienten Watschen bekommen, wie es sich gehört, so etwas kann ein solches

Fest doch nicht beeinträchtigen! Und außerdem, wir slowenischen Grenzbeamte haben damit ja überhaupt nichts zu tun, das ist sehr angenehm und stimmungshebend, na und wir Österreicher haben ja auch nichts getan, ganz im Gegenteil, wir sind unseren Kollegen ja nur entgegengekommen, bis Marburg sogar, also herrschte das beste Einvernehmen.

Dann wurde die bisherige Szene um eine Dimension erweitert: Plötzlich begannen unsere Beamten auf die Tische kleine Pakete auszuladen, Nägel und Kaffee, während ihre Kollegen Zucker, Mehl und Sliwowitz herbeibrachten. Meine Augen wurden immer größer. Mir war ganz klar, was das bedeutete, ich fragte aber dennoch, auch um Gewissheit und Bestätigung zu erlangen. So erfuhr ich, dass man damals in ganz Jugoslawien keine Nägel zu kaufen bekam und Kaffee extrem teuer und selten sei. Dagegen sei eben der „Zwetschkerne" sehr gut und billig, und Mehl und Zucker kosteten nur ein Viertel des Preises bei uns. Schon beim vorigen Transport hätte man gemeinsam Listen erstellt, was jeder brauche, und genauso ging man auch diesmal vor, erweiterte die Wünsche aber auf mögliche billige Urlaubsquartiere an der kroatischen Adriaküste. Unter den gegenseitigen Beteuerungen, man werde sich bemühen wie immer, und dem sichtlichen gegenseitigen Vertrauen, dass alles reibungslos wie bisher ablaufen werde, kam ich mir wie ein Verräter vor. Denn ich wusste, was keiner ahnte, dass diese Art von Schubtransporten mit diesem sicherlich ihr offizielles Ende gefunden haben.

Der Abschied war innig und schwer, jeder freute sich schon auf das Wiedersehen, auf den nächsten Transport, und in bester Stimmung traten wir die Rückfahrt an.

Am nächsten Tag habe ich dem Leiter der Staatspolizei im Klartext Bericht erstattet. Er musste sich setzen. Nach einer geraumen Weile fand er die Worte wieder, und wir beschlossen eine Schadensbegrenzung: Bezüglich der Watschen, so stellte er fest, seien wir nicht zuständig, denn der Tatort befinde sich weder auf österreichischem Hoheitsgebiet noch im Bus, auch seien keine österreichischen Beamten daran beteiligt. Das müsse in Jugoslawien erledigt werden. Andererseits fand er aber die Idee mit dem durchgehenden Transport gleich bis ins Gefängnis von Marburg sehr gut, sodass wir in den nächsten Tagen diesem illegalen Geschehen eine rechtliche Grundlage gaben – im Einvernehmen mit den jugoslawischen Behörden. Und den Schmuggel betreffend hat mein Vorgesetzter ein Rundschreiben verfasst, in dem sinngemäß zu lesen stand, dass „aus gegebenem Anlass“ darauf aufmerksam gemacht werde, dass die Mitnahme von Waren aller Art aus dem jugoslawischen Staatsgebiet durch Beamte der Exekutive nicht statthaft sei.

Das war natürlich eine recht zahnlose Maßnahme, mehr zur eigenen Rechtfertigung. Wenn ich mich nämlich an manche Aussprüche meiner damaligen Reisebegleiter erinnere in der Art: “Wissen Sie, die da oben an den Schreibtischen, die haben ja alle ka Ahnung vom wirklichen Leben. Was sich die ausdenken, des is’ ja alles a Bledsinn, aber, ka Sorge, mir richten uns des dann scho’!“ Da bin ich mir fast sicher, dass „Das rosige Schweinderl“ unter keinerlei Besucherschwund zu leiden hatte. Und alle Freundschaften blieben höchstwahr-scheinlich bestehen.

Ich habe mich allerdings gehütet, jemals wieder mit so einem Transport mitzufahren. Ich bin mir nicht sicher, was mir dann möglicherweise im Gefängnishof von Marburg widerfahren wäre ...

-.-.-.-.-

Wiener Geisha sorgt für neue Arbeitsmoral

In jenem Bezirk, dem ich damals zugeteilt war, gab es eine Niederlassung eines Weltkonzerns, dessen hiesiger Chef ein großer Freund der Polizei war; nicht aus ganz uneigennützigen Gründen, immerhin war die Polizei ein guter Kunde seiner Produkte, andererseits erhoffte er sich, sollte er einmal in irgendwelche Bedrängnis geraten, rasche und einfache Hilfe.

Eines Tages erreichte uns eine recht seltsame Bitte dieses Kommerzialrates: Der Generaldirektor dieses Weltkonzerns, ein Japaner, komme auf Besuch nach Wien, und er wolle daraus so viel Vorteil wie nur möglich ziehen. Vor allem gehe es ihm um die Aufhebung einer strengen Kontingentierung mancher Produkte, bei denen das Ausland bevorzugt beliefert werde. Also habe man sich alles mögliche zu seiner Unterhaltung einfallen lassen, einen Opernbesuch, Walzerklänge, Konzerte, die Lipizzaner natürlich – aber bei seinem Hauptwunsch wisse man nun nicht weiter. Der Konzernchef war von Österreich sehr angetan, ließ jedoch durch sein Gefolge durchblicken, dass die Weiblichkeit ihm fehle. Als ein derart mächtiger Firmenchef sei er eine Geisha gewohnt, denn niemals würde er als Angehöriger der gehobenen Klasse eine Frau ansprechen, sie muss ihm gleichsam auf dem Silbertablett serviert werden und darf einschlägig nicht zu sehr bewandert und herumgekommen sein. Zumindest darf man es ihr nicht ansehen oder anmerken. Man würde jeden Preis dafür zahlen!

Das war in der Tat eine absonderliche Bitte. Huren wären ja genug aufzutreiben gewesen, aber eine Geisha? Dazu wollte er eine „europäische Geisha", eine Frau mit damenhaften Manieren, die sich – natürlich auf englisch – niveauvoll unterhalten könne, mit ihm ausgehe und auch eingehe auf alle seine speziellen Wünsche. Da war guter Rat teuer. Natürlich hätten wir dem Chef der Niederlassung antworten können, guter Mann, da haben Sie sich aber in der Adresse geirrt, schauen Sie in den Zeitungen nach, da wimmelt es vor einschlägigen Anzeigen. Da er uns aber stets behilflich gewesen war, wollten wir ihn in seiner Not nun nicht allein lassen.

Zu unserem Glück erinnerte sich ein Kollege, dass die Prostituierten im Bereich Thaliastraße – Gürtel eine mittelalterliche Dame als Sprecherin hätten, die oft als Kontaktperson zwischen den Mädchen und der Polizei fungierte, vergleichbar einer Gewerkschaftsvertreterin. So hat sie sich manchmal darüber beschwert, dass die Polizei zu wenig kontrolliere, es stünden zu viele nichtregistrierte Damen herum, und da trafen sich unsere Interessen: Sie fürchtete um das Geschäft, wir mussten auf die Gesundheitsgefährdung achten. Andererseits hatten aber auch wir die Möglichkeit von Repressalien, sollten von dieser Seite gewisse Hinweise aus der „Halbwelt" ausbleiben. Eine der wirkungsvollsten Maßnahmen war, jeden Freier, der bei einem der Mädchen Halt machte, sofort einem Alko-Test zu unterziehen. Damit haben wir ihnen das ganze Geschäft zerschlagen, aber nach zwei Nächten waren sie weich, und wir bekamen die erwünschten Hinweise. Ich traf also jene mir empfohlene Dame, bat sie um ihre Mithilfe bei meinem Problem und stellte ihr eine schöne Vermittlungsprovision in Aussicht, die ihr jener Kommerzialrat zukommen lassen würde. Diese Aussicht hob stark ihr Interesse an der Sache. Sie verriet mir, dass es in der Prinz-Eugen-Straße eine Schule für „Edelprostituierte" gebe, gleichsam eine Hochschule für Huren, wo eine speziell erfahrene Dame geeignete Mädchen in den verschiedensten Sparten ausbildet, beginnend bei Fremdsprachen über gutes Benehmen bis hin zu allem, was eine Absolventin wissen muss, um allen beruflichen Stellungen gewachsen zu sein. In einschlägigen Kreisen wurde diese Adresse nur per Mundpropaganda gehandelt, doch staunte ich nicht schlecht, als ich erfuhr, dass auch große und bekannte Firmen zu diesen Kreisen zählten. Wenn nämlich Geschäftsleute der gehobenen Klasse auf ein paar Tage nach Wien kommen, so haben diese Tage auch Nächte, und da braucht man nach den harten Verhandlungsrunden etwas Aufbauendes, zumal die Ehefrauen meistens nicht dabei sind. Um diese Entbehrungen wettzumachen, bieten die jeweiligen Firmen nicht nur die schönsten Appartements samt Mietwagen mit oder ohne Chauffeur, sondern eben auch eine stilvolle und nicht auf den ersten Blick schon eindeutig zu klassifizierende, weibliche Begleitung. Dieses Wissen um jene Schule im 4. Bezirk zählte anscheinend ebenfalls zum „Know-how" der meisten großen Firmen.

Natürlich werden diese Mädchen von ihren Kolleginnen beneidet, denn sie verdienen um ein Vielfaches mehr. Bei dem Herrn Kommerzialrat stellten sich drei Mädchen vor, er wählte eine aus, einigte sich mit ihr über den Preis, und das Spiel konnte beginnen. Sie wurde dem japanischen Firmenchef vorgestellt, er überreichte ihr einen Strauß Blumen, sie tat ganz entzückt und machte einen formvollendeten Knicks, denn besuchten sie gemeinsam die Oper. Er erfreute sich an der wunderbaren Musik, während sie sich langweilte, aber auf englisch stets Verständnis heuchelte für seine Begeisterung. Sie dinierten in einem Nobel-Restaurant der Innenstadt, wo sich ihre Interessen schon eher trafen, bis sie im Hotel verschwanden, wo dem gegenseitigen Interessensaustausch wohl die wenigsten Barrieren entgegenstanden. Dass dem wirklich so war, erlebten alle Geschäftspartner am nächsten Morgen hautnah: Der Konzernchef war wie ausgewechselt, er unterschrieb, ohne zu zögern, alle ihm vorgelegten Verträge, auch jene mit den Lieferkontingenten, wodurch sich die Wiener Firma plötzlich in der Lage sah, mit der ausländischen Konkurrenz viel besser mithalten zu können.

Der Japaner erwies sich als so zugänglich, dass es der Kommerzialrat wagen konnte, auch seine Firmenprobleme mit ihm zu besprechen. Am meisten Ärger hatte er mit seinem Service-Team. Er zahle zwar gut, finde aber dennoch schwer Personal, und da seine Leute wüssten, wie rar sie sind, seien sie sich ihrer Stellung nur zu sehr bewusst und dementsprechend sei ihre Arbeitsmoral. Mit dem Stehsatz: „Lassen Sie's einmal da, in drei Tagen wissen ma mehr!“, waren die Kunden natürlich nicht zufrieden, aber was sollte man tun?

Der Japaner verstand sofort und versprach, er würde einige Mechaniker aus dem Heimatwerk nach Wien schicken. Die hätten eine andere Mentalität und Arbeitsmoral, sie würden alles für die Firma machen und hielten ihr auch lebenslang die Treue. Oder sagte er „lebenslänglich“?

Wirklich kamen sechs Monate nach diesem Gespräch drei japanische Service-Leute als Volontäre für ein bis zwei Monate, die recht gut Deutsch sprachen. Denn der Konzernchef hatte gleich nach seiner Rückkehr in die Heimat drei Arbeiter ausgesucht und ihnen aufgetragen, sofort einen Intensivkurs in Deutsch zu besuchen. Widerspruch undenkbar!

Nach kurzer Zeit schon stellte sich heraus, dass diese Männer nicht nur Hände wie Uhrmacher hatten, sondern auch noch stets freundlich und gelassen waren und mit Können und Wissen ihre Aufgaben auch rasch erledigten. Als ich einmal mein Motorrad, das immerhin 16 Ventile hat, zur Ventileinstellung brachte, war ich – wie üblich – auf eine Wartezeit von drei Tagen gefasst. Einer der Japaner aber sagte zu mir: „Ja, bitte gehen auf Kaffee, dann kann ich sagen, wie lange dauern." Ich kam von meinem Kaffee zurück und staunte nicht schlecht, als der Japaner mich anlächelte und sagte: „Bitte, alles fertig. Die Ventile alle eingestellt. Wir haben auch die Kette nachgespannt."

Natürlich hat die Firma alle drei alsbald fix angestellt, worauf unter den österreichischen Mechanikern eine Revolution ausbrach. Zwei haben sofort gekündigt im Bewusstsein, dass sie ganz leicht woanders eine gute Stellung bekommen würden – zusammen mit dem von ihnen gewohnten Arbeitstempo.

Als die Japaner ihre Familien nachkommen ließen und ihre Frauen ebenfalls in derselben Firma Arbeit fanden, kam es auf dem weiblichen Sektor zu einem seltsamen Parallelgeschehen: Bis dahin pflegten die heimischen Mitarbeiterinnen nämlich ihr heiliges Gewohnheitsrecht, von neun bis neun Uhr dreißig eine Kaffeepause zu halten. Das aber stieß bei den Japanerinnen auf keinerlei Verständnis mit der für unsere Breiten seltsamen Begründung, sie hätten im Kollektivvertrag keinen Passus gefunden, der eine Kaffeeepause zu dieser Zeit beinhalte. Das war natürlich ein Torpedo gegen die österreichische Arbeitsmoral! Der Herr Kommerzialrat war aufgerufen, eine Lösung zu finden, und er fand eine salomonische: Er bestimmte, dass Pause machen dürfe, wer will, dass aber eine Pause zu machen, kein Zwang sei! Und alle waren zufrieden.

Nach einiger Zeit stellte der Herr Kommerzialrat außerdem zufrieden fest, dass die Arbeitsmoral seiner Belegschaft durch den japanischen Import durchaus gewonnen habe. Daraufhin soll er in großer Dankbarkeit jener Dame und jenem Mädchen, das seinem Konzernchef eine anscheinend unvergessliche Nacht bereitet hatte, eine Zusatzprovision zukommen haben lassen. Worauf bald die Vertreterin jener Mädchen mich aufsuchte und nachgefragt hat, ob es nicht wieder einen ähnlichen Auftrag gebe. Ich musste bedauernd verneinen, vertröstete sie aber auf den nächsten Besuch des Japaners. Auf den warten alle Beteiligten heute noch ...

-.-.-.-.-

Verlieren können ist auch eine Kunst

Anfang der 70er-Jahre hatte ich eines Nachts wieder einmal Zentral-Journaldienst in der Zedlitzgasse. Unser beliebter Präsident Holaubek versah damals schon seine letzten Dienstjahre, und gerade an jenem Abend war einiges zu befürchten: Auf der Südautobahn wälzte sich ein Konvoi von 70 oder 80 Privatwagen mit persischen Studenten nach Wien, größtenteils von der Montanistischen Hochschule in Leoben. Sie wollten sich in Wien mit Gleichgesinnten vereinigen, um dem von ihnen gehassten Schah bei seinem Staatsbesuch in Österreich ein wenig den Boden heiß zu machen. Wir waren natürlich brennend daran interessiert zu erfahren, wie heiß dieser Boden werden sollte. Deshalb wurde der Konvoi schon die ganze Zeit von der Gendarmerie beobachtet und an der Stadtgrenze unseren Beamten in Zivil „übergeben".

Ein weiterer beunruhigender Faktor war, dass uns der persische Geheimdienst AVAK vor einem möglichen Sturm der Botschaft auf dem Schwarzenbergplatz gewarnt hatte. Da diese Demonstration nicht angemeldet war, erschien sie uns umso gefährlicher, und so stand die Wiener Polizei gleichsam „Gewehr bei Fuß", das heißt, man ließ nach dem normalen Dienstschluss um 19 Uhr einige Einheiten nicht abtreten, sondern behielt sie in Reserve. Dazu zählten insbesondere die Alarmabteilungen, die in ihren Kasernen saßen und der Dinge harrten, die da kommen sollten. Auch der Polizeipräsident wartete in seinem Büro auf die Lageberichte. Wider Erwarten verlief die Demonstration der vereinigten Leobener und Wiener Studenten recht friedlich, es gab nur Sprechchöre und ein paar Transparente. Allerdings waren die Studenten zumeist vermummt, weil der AVAK fotografiert hatte, und daher in Persien Repressalien an den Familien zu befürchten waren.

Alsbald löste sich die Protestversammlung auf und die Teilnehmer zerflatterten in Gruppen und Grüppchen in die verschiedensten Lokale. Damit hätten wir guten Gewissens Entwarnung geben können, jedoch war Präsident Holaubek der Meinung, „vielleicht kommt da no' was nach!" und so blieben die Einheiten „Gewehr bei Fuß" sitzen. Ein polizeilicher Grundsatz besagt, man sollte immer auf das Ärgste gefasst sein, denn „Nachlassen“ ist leicht, das Gegenteil aber oftmals schwierig.

Nach erfolgter Lagebesprechung dürfte dem Polizeipräsidenten langweilig geworden sein. Plötzlich läutete bei mir das Telefon und ich vernahm eine mir vertraute Stimme. Es war Alexej Kropotkin persönlich. Der Adjutant von Holaubek, und zwar sein auch privater! Uns war seit langem bekannt, dass Kropotkin das Sprachrohr, der geheime Beobachter und in manchen Dingen der Großinquisitor und Exekutor von Holaubek war. Seinen russischen Namen verdankte er seinen Großeltern, die gegen Ende der Monarchie von Gallizien nach Wien zogen. Er war auch stolz auf seinen Vornamen, weil er nach russisch-orthodoxem Glauben getauft war und den gleichen Vornamen trug wie der Moskauer Kirchenmetropolit. Da Kropotkin wusste, dass Holaubek zu mir ein gutes Verhältnis hatte, hatte er auch ein solches.

Also schlug ich geistig die Haken zusammen und vernahm von „himself“ Folgendes: Holaubek traue dem Frieden noch nicht ganz, daher ziehe er es vor, noch im Präsidium zu bleiben, allerdings möchte er diese Zeit nicht untätig verbringen. Ich nickte und wartete gespannt auf ein Aufgabengebiet, das mir nun zweifellos in Aussicht gestellt werden würde. Dem war auch so, allerdings eines, das mich erstaunen ließ. Ich vernahm aus Kropotkins Kehle, Holaubek möchte jetzt tarockieren. Dazu fehle ihm der vierte Mann, und zu dritt finde er es nicht lustig. Kropotkin wurde konkret: „Können Sie g'scheit tarockieren?“

Damit hatte er eine meiner Stärken angesprochen, die ich schon in meiner Gymnasialzeit gepflegt und entwickelt hatte. Zuversichtlich sagte ich: „Ich glaube schon.“ Sichtlich unter präsidialem Erfolgsdruck stehend, präzisierte Kropotkin: „Verstehen Sie mich recht, ich meine ‚g'scheit'! Das Problem ist nämlich, dass der Herr Präsident nicht verlieren kann! Sie müssen so spielen können, dass er nicht merkt, dass Sie ihn gewinnen lassen.“ Nun, so hatte ich mein Lebtag noch nie gespielt, jedoch reizte mich diese Aussicht auf eine ganz besondere Spieltaktik. Kropotkin examinierte mich nun über einige spielerische

Tricks und befand mich schließlich für geeignet, mit zwei anderen instruierten Mitstreitern den von Vornherein ungleichen Kampf mit unserem Präsidenten aufzunehmen.

Der letzte Befehl Kropotkins war wieder ein förmlicher, wenn auch in vertraulicher Formulierung: „Du hast jetzt den Auftrag, sofort ins Präsidium zu kommen!“ Natürlich war mir klar, dass ich zum Tarockieren befohlen war, aber ausgesprochen wurde es nicht. Holaubek meinte bei meiner Ankunft, er wolle noch zwei Stunden zuwarten, um ganz sicherzugehen, dass „da nix mehr passiert. Aber“, setzte er hinzu, „ihr werdts des net bereuen, weil i euch jetzt lernen werd’, was tarockieren heißt!“ Mit diesen Worten nahm er am Tisch Platz, und die ganze ausgefuchste Kartenrunde mit ihm.

Am Anfang spielten wir – wie ausgemacht – relativ „normal“, was bedeutete, dass Holaubek verlor. Nach und nach „gelang“ es ihm dank unserer unmerklichen Mithilfe, in die Gewinnsphäre zu kommen, und je länger wir spielten, umso mehr konnte Holaubek schließlich auftrumpfen. Am Schluss stand er ganz befriedigt auf und sagte glücklich wie ein Kind unter dem Weihnachtsbaum: „Seht’s, so müßt’s des machen! I zeig’ euch halt a no, wie man tarockieren muaß!“ Damit war der Abend für ihn ein gewonnener Abend – im doppelten Wortsinn.

Diese Tarockrunden fanden von da ab des öfteren statt, und ich war in den erlauchten Kreis aufgenommen worden. Dabei wird jedem, der dieses Spiel halbwegs beherrscht, klar sein, dass unsere Aufgabe keineswegs eine leichte war. So zu verlieren, dass ein guter Spieler nicht merkt, dass es absichtlich geschieht, ist eine Kunst für sich und in keinem Lehrbuch zu finden. Übrigens, Holaubek hat nie etwas von unserer „Verschwörung bemerkt. Wir haben ihn stets mit unserer Spielweise beglückt ...

Nach diesem ersten, denkwürdigen Spielabend, bei der ich meinen Mann im Verlieren stehen musste, fuhr ich schnell hinüber ins Landesgericht zur Pressepolizei, bei der die Pflichtexemplare der einzelnen Medien – Zeitschriften und Zeitungen – abgeliefert wurden, die ich zur Erstellung des sogenannten „Pressespiegels“ als erstes durchsehen musste. Dieser „Pressespiegel“ wurde jede Nacht von einem Juristen erstellt und hatte die Aufgabe, am nächsten Morgen den Polizeipräsidenten in aller Kürze und prägnant darüber zu informieren, was in den Medien über die Polizei berichtet wurde bzw. was zu wissen für den Präsidenten unabdingbar schien. Da spannte sich der Bogen von politischen Angriffen bis hin zu so handfesten Vorkommnissen wie der Schlagzeile von Boulevard-Blättern „Entmenschter Polizist sperrt Hund ins Gefängnis“ – wobei das Delikt nicht geringer einzustufen wäre, hätte er eine Frau geprügelt. Auch darüber musste der Präsident informiert sein, denn das wäre ein „großes Fressen“ für die Journalisten gewesen, hätte er auf einschlägige Fragen nicht antworten können. Da hing dann schon die nächste Schlagzeile in der Luft: „... und der Präsident weiß von nichts!“ Um auch solchen „Fußangeln“ der Journalistik gegenzusteuern, gab es diesen „Pressespiegel“, bei dem es galt, in möglichst kurzer Zeit möglichst viele Zeitungen zu lesen und über den ich mich nun – ein wenig schon geschwächt und ermüdet von den Aufregungen des Tages wie auch von der unkonventionellen Tarockpartie – hermachte. Damit aber nicht genug, waren anschließend auch noch die neu erschienenen Porno-Hefte zu inspizieren, inwieweit sie den damaligen Bestimmungen entsprachen oder auch nicht. Da bedurfte es schon einschlägigen Wissens, sowohl was die Gesetzesmaterie betraf als auch die dargestellte „Materie“, aber schon nach kurzer Zeit gehen einem diese Bilder, auch wenn man kein prüder Mensch ist, dermaßen auf die Nerven, dass man sich unbändig nach einem Bikini oder – Gipfelpunkt nächtlicher Pornokontrollen – nach einem Einteiler zu sehnen beginnt.

Wie es mein Schicksal in jener Nacht wollte, übersah ich in der Grazer „Kleinen Zeitung“ einen schönen Lobartikel auf Holaubek, woraufhin am nächsten Tag um 10 Uhr in der Früh mich der Präsidialchef anrief und mich verärgert fragte, ob letzte Nacht ich jener Trottel gewesen sei, der Journaldienst gehabt habe. Ahnungslos wie ich war, blieb mir nichts anderes übrig, als diese wenig schmeichelhafte Frage zu bejahen, worauf eine ungeheure Schimpfkanone über mich hereinbrach des (gekürzten) Inhalts, was ich denn eigentlich in der Nacht getrieben habe, ob ich überhaupt zu lesen im Stande sei oder ob ich mich lieber mit den Porno-Hefteln abgegeben hätte. „Wahrscheinlich“, lautete sein Resumee, „haben Sie sich die halbe Nacht mit den Porno-Madeln um die Ohren geschlagen, Sie Versager, Sie!“

Als ihm nach diesem Wortschwall kurz die Luft wegblieb, nützte ich diese Chance und klärte ihn dahingehend auf, dass ich letzte Nacht mit meinem Chef, also auch mit seinem, tarockiert hätte. Daraufhin herrschte am anderen Ende der Leitung eisiges Schweigen, ich konnte mir keinen Reim darauf machen, ob mir der Präsidialchef nun glaubte oder meinte, ich wolle ihn zu allem Überfluss noch auf die Schaufel nehmen, dann hörte ich nur mehr ein Knacksen, und die Leitung war tot.

Nach einer Viertelstunde rief er mich in verändertem Ton an und sagte nur: „Die Sache ist in Ordnung. Es ist alles erledigt. Passen's halt in Zukunft auf!“ Ich kann mir gut vorstellen, was in dieser kurzen Zeitspanne vor sich gegangen ist. Der Präsidialchef wird von Holaubek ursprünglich den Auftrag bekommen haben: „Dem Trottel vom Journal heut', dem gibst ane!“ Woraufhin die Antwort wohl gelautet haben wird: „Der Trottel vom Journal hat heut' Nacht mit dir tarockiert!“

So war es mir möglich, mittels gekonntem Verlieren meinen Ruf in dieser Nacht auch anderweitig zu retten.

-.-.-.-.-

Kreisky unter Hausarrest

Im Rahmen meiner staatspolizeilichen Tätigkeit hatte ich einige Male auch mit Bundeskanzler Bruno Kreisky Kontakt. Dabei fiel mir auf, dass er ein „Morgenmuffel“ war, was mich keineswegs verwunderte, denn er hat nicht selten bis spät in die Nacht hinein gearbeitet. Oft hat er Minister zu sich in seine Privatwohnung im 19. Bezirk in die Armbrustergasse rufen lassen, und dann ging niemals vor Mitternacht das Licht aus. Natürlich fiel es ihm dann in der Früh schwer, rechtzeitig ins Parlament zu kommen. Wenn eine Dringliche Anfrage schon um acht Uhr angesetzt war, musste er schon um halb sieben aufstehen. Manchmal eine sichtliche Qual für ihn!

Kreisky wurde in seiner Villa rund um die Uhr stets von zwei Polizisten in Zivil bewacht, die in einem verdeckten Fahrzeug saßen. Verdeckt bedeutet, dass der Wagen ein Deck-, also ein Allerweltskennzeichen hatte. Diese Bewachung war sehr personalintensiv, sodass wir, weil uns nicht genügend Beamte der Staatspolizei zur Verfügung standen, auf Personal der Bezirkskommissariate im Wege der Überstunden zurückgreifen mussten. Die Villa Kreisky wurde von einem staatspolizeilichen Auto mit Deckkennzeichen aus beobachtet.

Eines Winters wurde eine dringende Bitte an mich herangetragen: Die Beamten, denen Kreiskys Bewachung oblag, litten sehr unter der Kälte. Sie könnten ja nicht ständig den Motor laufen lassen, und daher ersuchten sie um Einbau einer Standheizung in ihren Wagen. Solche Standheizungen, die relativ geräuschlos, aber wirkungsvoll arbeiten, gab es, sie waren aber teuer. Der Bundespolizeidirektion waren 30.000 Schilling zur Erwärmung ihrer Beamten zu viel, sie gab ihnen nur den Rat, mehr zu patrouillieren, auch das rege den Kreislauf an. Nun wurde die Polizeigewerkschaft eingeschaltet, aber auch sie blitzte mit diesem Anliegen ab. Letzte Anlaufstation war ich, und man schlug mir vor, ich sollte mit Kreisky, den ich ja kenne, persönlich über den Einbau einer Standheizung für seine beiden armen Bewacher reden. Aber wie sollte ich das am besten anstellen?

Eines Tages musste ich ins Parlament, da der Sicherheitssprecher einer großen Partei von mir als Praktiker eine Frage beantwortet haben wollte. Das Problem war binnen kurzem erledigt, und ich ging noch zur Stärkung auf einen Sprung im Parlament in die „Milchbar", aus deren Namen man keine Rückschlüsse auf die vornehmlich ausgeschenkten Getränke ziehen sollte. Über Monitor erlebte ich das Ende einer Rede von Kreisky, dann kam der Abgeordnete Peter von der FPÖ ans Pult, während Kreisky ebenfalls die „Milch-Bar" aufsuchte, sich an den Nebentisch setzte und ein Viertel Wein bestellte.
Als er einmal kurz von seiner Zeitung aufsah, fiel sein Blick auf mich, und er schien mich zu erkennen: „Sie sind doch von der Polizei!?" versuchte er sich zu erinnern. „Ja", sagte ich und fuhr lobend fort, „Ihre Rede fand ich sehr gut, aber hören Sie, was der Peter jetzt über Sie sagt? Der befetzt Sie ja ganz schön!" „Wissen Sie", antwortete Kreisky in seinem langsamen, sonoren Tonfall, „das berührt mich nicht sehr, ich weiß ja ganz genau, des is' sei G'schäft!"

Wenn der Herr Bundeskanzler solche Angriffe gelassen hinnimmt, dachte ich mir, um wieviel mehr könnte ich da mit meiner Bitte auf verständnisvolle Ohren stoßen. Ich nahm all meinen Mut zusammen und versuchte eine Brücke zu schlagen, indem ich ihm erzählte, dass es meine Männer seien, die ihn Tag und Nacht bewachen. „Ja, ja", sinnierte Kreisky, „das sind ja arme Kerln, die da draußen bei jedem Wetter Dienst machen müssen. Die können einem ordentlich leid tun!" Damit sah ich meine Türe schon halb offen und stieß nach: „Herr Dr. Kreisky, könnten Sie sich vorstellen, für diese braven Beamten etwas zu tun?" Kreisky zog erstaunt die Augenbrauen in die Höhe und fragte interessiert: „Ja, was soll ich denn für sie tun?" „Es ist doch wirklich saukalt draußen", begann ich, und Kreisky nickte zustimmend, „und in der Nacht ist es ja noch viel kälter, und die beiden Männer sitzen in dem eiskalten Blechkübel stundenlang und frieren wie ein, ein ...", ich suchte krampfhaft nach einem guten Vergleich.

„Lamplschwaf", half mir Kreisky trocken aus. Ich nickte, denn ich hätte vor ihm so einen Ausdruck nicht zu verwenden gewagt. „Ja, und so gäbe es schon eine Möglichkeit, ihnen ihr Dasein zu erleichtern: Wenn Sie es irgendwie bewerkstelligen könnten, dass in dem Wagen eine Standheizung eingebaut wird. Die ist nicht ganz billig, zumindest der Polizeidirektion ist sie zu teuer.“ „Mhm ...“, murmelte Kreisky, riss einen Zettel aus einem Notizbuch, schrieb ein paar Zeilen darauf und sagte: „Das geb’ ich dem Innenminister.“

Zwei Wochen später hatten die Beamten ihre ersehnte Heizung. Sie waren überglücklich und bewachten Kreisky mindestens doppelt so gern. Doppelt so aufmerksam ist es ihnen leider nicht gelungen, und daran war seltsamerweise jene Heizung schuld. So rasch und wirkungsvoll sich Kreisky für den Einbau dieser Heizung eingesetzt hatte, so sehr sollte ihm dieser Einsatz auf den Kopf fallen.

Grinzing, Zentrum allen Heurigengeschehens, lag von seinem Wohnsitz nicht weit entfernt. Manchmal verirrten sich einige vom übermäßigen Alkoholgenuss orientierungslose Zeitgenossen in die Gegend, zogen taumelnd oder singend durch die Straßen, doch gab es mit ihnen niemals wirkliche Probleme. Eines Nachts in jenem Winter kam aber alles ganz anders als gewohnt. Die beiden Kriminalbeamten, selig darüber, dem kalten Frost ein Schnippchen schlagen zu können, hatten sich in die wohlige Wärme ihres Fahrzeuges zurückgezogen, um die Villa Kreisky gleichsam vom Kachelofen aus unter Beobachtung zu halten. Die Wärme war aber so wohlig, dass die beiden Beamten über kurz oder lang einschliefen.

Nun kamen just in dieser Nacht ein paar Alkoholversprengte vorüber, die – sicherlich ahnungslos, um welch bedeutende Villa es sich handelte – aus Jux und Tollerei um das schmiedeeiserne Tor des Eingangsgitters eine Fahrradsicherung schlangen und das dazu gehörige Schloss versperrten. Den Schlüssel nahmen sie natürlich mit sich – und werden noch lange über ihren vermeintlich guten Witz gelacht haben.

Das Schicksal wollte es, dass Kreisky am nächsten Morgen wieder einmal um acht Uhr früh eine Dringliche Anfrage im Parlament zu beantworten hatte. Wie üblich war er spät dran, wollte um dreiviertel Acht sein Haus verlassen – und konnte nicht hinaus! Er war eingesperrt! Jetzt ging der Wirbel los. Wütend rief er das Innenministerium an, das verständnislos darauf verwies, er müsse sich irren, es seien doch ständig zwei Beamte zur Beobachtung und zu seinem Schutz abgestellt. Man trat sofort in Funkverkehr mit diesen beiden – die man allerdings erst aus ihrem genüsslichen Schlummer wecken musste. Als sie die Augen aufschlugen, war das erste, was sie in ihrem Entsetzen erblickten, einen am Gittertor rüttelnden Kreisky. Wie von der Tarantel gestochen, sprangen sie aus ihrem Wagen und eilten hinzu. Da sie aber über kein geeignetes Werkzeug verfügten, war der Effekt nur der, dass nun drinnen ein hilfloser Kreisky stand und draußen zwei ebenso hilflose Kriminalbeamte. Endlich wurde ein Schlosser gefunden, der kam, machte einen Zwicker, und Kreisky war frei.

Er hat übrigens nie – wohl zum Glück der Beamten – erfahren, dass diese wegen der wohligen Heizung, die er ihnen gestiftet hat, eingeschlafen sind.

-.-.-.-

Kreisky und die beschusssicheren Badezimmerkacheln

Aus unerklärlichen Gründen kamen meine Chefs bei der Staatspolizei eines Tages darauf, dass Herr Bundeskanzler Dr. Kreisky ein enormes Sicherheitsrisiko habe. Die Anschläge von Marchegg und jene am Wiener Flughafen sowie die Geiselnahme bei der OPEC waren noch in frischer Erinnerung. Nicht auszudenken was einem passierte, wenn Terroristen den Bundeskanzler kidnappten. Meine Chefs bei der Staatspolizei bekamen es plötzlich mit der Angst zu tun, als sie hin- und herdachten, was alles dem Bundeskanzler geschehen könnte. Die Verantwortung lastete schwer auf ihren Schultern und sie dachten pausenlos nach, wie sie diese Last loswerden. Eine solche Verantwortung kann man aber nur loswerden, wie jeder erfahrene Bundesbeamte weiß, wenn man sie weiterschiebt. Auf wen fiel die Wahl? Erraten! Auf den Dr. Zapf, der sollte sich um alles kümmern, damit die schlaflosen Nächte endlich vorbei seien.

Mit allen Vollmachten ausgestattet, aber nicht wissend, was ich zuerst wo anfangen sollte, begab ich mich in die Villa Kreisky in den 19. Bezirk in die Armbrustergasse. Ich wurde dort zum Bundeskanzler vorgelassen. Nachdem ich ihm erklärt hatte, dass ich persönlich für seine Sicherheit verantwortlich sei, sagte er mir in seinem jovialen Ton: „Wenn mich einer abknallen will, dann gelingt es ihm schon irgendwie, auch wenn mich hundert James Bonds bewachen. Aber wissen Sie, junger Mann, wo ich mich am unsichersten fühle?“ Er gab sofort selbst die Antwort: „In meinem eigenen Haus. Ständig lässt meine Haushälterin etwas am Boden liegen, sei es der Staubsauger, sei es die Kabelschnur zum Bügelbrett. Einige Male habe ich mich schon arg derstessen. Oder letzte Woche, als ich beim Frühstück in der Küche saß, fiel ein zwei Kilo schwerer Wandteller plötzlich herunter, mir auf die Schulter und zerschellte am Boden.“ Zu meiner Bitte, mir das Haus anschauen zu dürfen, sagte Kreisky: „Ja, schaun Sie sich nur alles an. Überall werden Sie Handarbeit aus der Vorkriegszeit bemerken, das war noch Qualitätsarbeit, die es heute nicht mehr gibt! Es wäre schade, wenn man hier etwas veränderte. Wissen Sie was, kommen Sie morgen um acht Uhr wieder, da kommt mein Hausverwalter, der mir immer irgendetwas von Renovierungen einreden

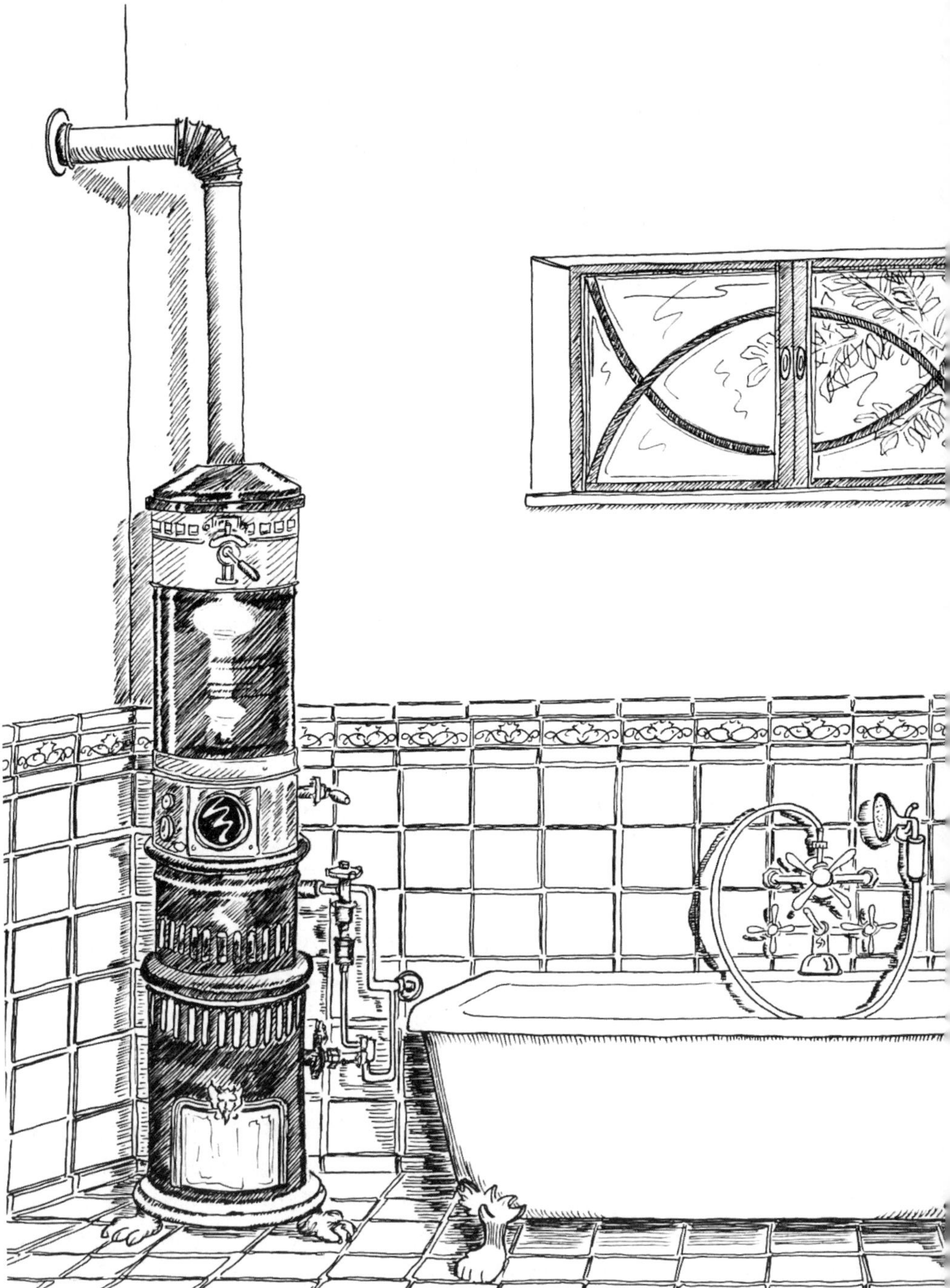

will, mit dem können Sie auch die Sicherheitsfragen besprechen, aber verändert wird in meinem Haus nichts."

Am nächsten Tag der Hausverwalter: Kummervoll schilderte er mir seinen undankbaren Job. In der Villa Kreisky war seit fünfzig Jahren nichts verändert oder renoviert worden und der Herr Bundeskanzler wollte das auch nicht anders. Warum war dies für einen Hausverwalter unangenehm? Um mir dies anschaulich zu erklären, nahm er mich mit ins Badezimmer. Dort stand eine gusseiserne Badewanne und in der Nähe ein Heizkessel, der bis an die Decke reichte. Die Armaturen waren globig, ähnlich denen jener Dampflokomotive, die ich im Technischen Museum gesehen hatte. „Schaun Sie sich das einmal an" seufzte der Hausverwalter. „Das muss ich alles in Schuss halten und darf nichts erneuern. In der Wand sind fünfzig Jahre alte Bleirohre und alle paar Wochen kommt es an irgendeiner Stelle der Wand zu einem Wasserrohrbruch. Den darf ich dann flicken, muss aber die Uraltkacheln schön auskratzen und wieder an der selben Stelle anbringen. Wenn ich das Ganze erneuern dürfte, hätte ich jahrelang Ruhe, aber ich darf ja nichts erneuern", murmelte er gramgebeugt. Wie konnte man dem armen Mann helfen? Ich erklärte dem Hausverwalter mein Beileid, aber musste ihm deutlich sagen, dass das Ganze nicht mit meiner Aufgabe, nämlich die Sorge um die persönliche Sicherheit des Bundeskanzlers, zusammenhänge. Der Hausverwalter nickte zuerst resignierend, doch plötzlich traf mich ein wild entschlossener Blick von ihm. „Wissen Sie was, wir tun uns zusammen und erledigen mit gegenseitiger Hilfe unsere Aufgaben. Haben Sie nicht einen Terroristen bei der Hand, der eine Bombe zur nordöstlichen Ecke werfen könnte, während der Bundeskanzler abwesend ist? Als er meinen erstaunten Blick sah, erklärte er mir sofort, dass sich in diesem Teil der Villa das ominöse Badezimmer befinde. Er würde nicht traurig sein, wenn es in Schutt und Asche aufgehe. Da kam mir eine Idee! Ich sagte ihm: „Den gewünschten Terroristen kann und darf ich nicht auftreiben, aber was ist eigentlich, wenn andere Leute ebenso denken wie Sie? Angenommen die Alfatha käme auf die Idee, von außen eine Panzerfaust auf die ominöse Nordostecke abzufeuern, gerade in jenem Moment, wo Kreisky wohlig in seiner Badewanne sitzt und Zeitungen liest. Ich muss zugeben, das Ganze ist äußerst unwahrscheinlich, aber nicht unmöglich. Aus diesem Grunde werde ich dem Bundeskanzler vorschlagen, sein Badezimmer mit beschusssicheren Kacheln auszustatten. Wenn er einwilligt, können Sie das Badezimmer, wenn Sie die alten Kacheln abgeschlagen haben, auf den neuesten Stand bringen." Freudestrahlend wünschte er mir viel Glück bei diesem Ansinnen an den Bundeskanzler. Einen einzigen Einwand hatte er noch: „Gibt es die beschusssicheren Kacheln wirklich?" „Keine Ahnung", musste ich gestehen.

An einem der nächsten Tage ließ ich mich beim Bundeskanzler anmelden. Er empfing mich in seinem Arbeitszimmer und telefonierte gerade mit dem Gewerkschaftsbundpräsidenten Benya. Es ging dabei, wie ich mithören durfte, um einen gemeinsamen Besuch bei der VOEST in Linz und anschließenden Urlaub Kreiskys in Mallorca. Nach Beendigung dieses Gespräches nahm er ein Papier und begann zu lesen. Gleichzeitig fragte er mich, was die Sicherheitsbegehung seiner Villa erbracht hätte. Dem mir vielleicht nur mit einem halben Ohr zuhörenden Kreisky sagte ich, dass ziemlich alles in Ordnung sei, nur der Nordostteil müsse mit beschusssicheren Kacheln ausgestattet werden. Ich bin mir bis heute nicht sicher, ob Kreisky verstanden hatte, was ich damit meinte. Seine Antwort war kurz und bündig: „Mhh mhh, machts es aber, wenn ich auf Urlaub bin".

Nach der Verabschiedung rief ich triumphierend den Hausverwalter an und erzählte ihm, dass Kreisky mit neuen beschusssicheren Kacheln einverstanden sei. Bei der Suche nach solchen bekamen wir folgende Antworten: „April ist schon vorbei" oder „Heben Sie sich solche Scherze auf". Andere Firmen sprachen mit uns mit jener nachsichtigen Milde, welche man bei harmlosen Geistesgestörten anwendet. Kurz und gut, kaum war Kreisky im Urlaub, begann ein Dutzend Professionisten das Badezimmer Kreisky von Grund auf zu erneuern. Kacheln kamen von der renommierten Firma Villeroy und Boch und dürften sündteuer gewesen sein. Sie waren jedoch genauso beschusssicher wie jene die man beim Baumax im Sonderangebot kaufen konnte. Mein schlechtes Gewissen veranlasste mich, mich bei Kreisky auch nach seiner Rückkehr vom Urlaub nicht blicken zu lassen. Nach vierzehn Tagen rief ich jedoch zaghaft den Hausverwalter an und befragte ihn, wie Kreisky auf sein neues Badezimmer reagiert habe. „Gar nicht so übel, er dürfte sich schon damit abgefunden haben. Außerdem danke ich Ihnen herzlichst. Ich hab schon immer gewusst, dass die Polizei dein Freund und Helfer ist.“

Zum Abschluss muss ich aber Ihnen, verehrte Leserin und verehrter Leser, eines dringend nahelegen: Sollte ich irgendwann einmal aus welchem Grund auch immer Ihnen irgendwelche Kacheln einreden wollen, behandeln auch Sie mich bitte mild, wie man es mit Geistesgestörten tun sollte.

-.-.-.-

Stille Post mit Willy Brandt

Ein guter Freund des früheren Bundeskanzlers Dr. Bruno Kreisky war der damalige Regierende Bürgermeister von Berlin, Willy Brandt. Die markige Aussprache des Berliners stand zwar im Gegensatz zur weicheren, oft ein wenig grollenden des Österreichers, aber in ihrem Wesen und ihrer politischen Auffassung standen sich beide Männer sehr nahe. Dazu kam noch eine familiäre „Parallelsituation“: Beide waren Väter von – aus ihrer Sicht – Problemkindern. Dass auch derartig hochrangige Politiker von ähnlichen Sorgen geplagt werden wie durchschnittliche Staatsbürger, konnte ich bei einem Besuch von Willy Brandt selbst miterleben.

Zusammen mit anderen Kriminalbeamten war ich damals zu dem Treffen zwischen Kreisky und Brandt im Bundeskanzleramt eingeteilt worden. Nach dem offiziellen Akt und der anschließenden Pressekonferenz zogen sich die beiden Staatsmänner zu einem privaten Gespräch zurück, bei dem ich als Sicherheitsbeauftragter noch anwesend war. So kamen sie alsbald auf ihre Söhne zu sprechen. Denn zum Leidwesen ihrer Väter hatten beide unabhängig voneinander es sich in den Kopf gesetzt, ihre Väter gleichsam linksaußen überholen zu wollen. Peter Kreisky machte mit einschlägigen Aktionen in Wien seinem Vater wenig Freude, und Brandts Sohn zettelte just in Berlin-Tempelhof Demonstrationen gegen die Amerikaner an, wo doch gerade diese mit ihrer Luftbrücke einst Berlin vor dem Anschluss an den Ostblock bewahrt hatten. Verständlicherweise war das Willy Brandt ein Dorn im Auge wie auch in seiner Politik, die er an einem so sensiblen Punkt, wie es Berlin damals war, sehr behutsam und vorsichtig gestalten musste. Unglücklich – obwohl mit dem obligaten Bier und Korn versorgt – klagte Willy Brandt seinem Leidensgenossen in Wien sein Vaterschicksal, das dieser mit den verständnisvollen Worten kommentierte: „Ja, ja, i hab a so an daham!"

So ging das Gespräch mit wechselseitigen Vorschlägen zu verspäteter Kindererziehung noch ein wenig hin und her, bis Brandt den Wunsch äußerte, er würde gerne, da er morgen noch einen Tag frei habe, sich etwas Schönes anschauen. Kreisky riet ihm zu einer Fahrt in die Wachau, es sei die Zeit der Marillenblüte, und außerdem wüsste er ein fabelhaftes Lokal in Dürnstein. Leider könne er selber nicht mitkommen, aber dieser Ausflug lasse sich ganz leicht und binnen kurzem organisieren. Brandt war einverstanden, und ich wurde mit zwei weiteren Beamten zu seinem Schutz für die Wachau abkommandiert.

Das war keine schwierige Aufgabe, denn Brandt hatte in Österreich keine Todfeinde, und so war auch nichts Besonderes zu befürchten. Unsere Aufgabe war es vornehmlich, zusammen mit den beiden deutschen Sicherheitsbeamten vorauszufahren und in den Lokalen, wo wir Station machen wollten, ein Extrazimmer zu reservieren. Brandt, der sehr offen und auch polizeifreundlich eingestellt war, sagte regelmäßig bei seinem Eintreffen zu uns: „Jungs, habt ihr wenigstens schon ein Bier bekommen und einen Korn?"

So durchquerten wir die blühende Wachau, wobei sich Brandt sehr oft von diesen beiden Getränken ernährte. In seinem Konvoi befand sich aber auch eine Person von ganz anderem Charakter: eine ungefähr 60 Jahre alte Dame in einem strenggeschnittenen, grauen Kostüm, die eine kühle, norddeutsche Atmosphäre um sich verbreitete. Diese Dame trug den seltsamen Titel einer Ministerialdirigentin, was uns zu verschiedenen Mutmaßungen veranlasste, inwieweit ihre Tätigkeit mit Musik zu tun habe oder nicht. In Wahrheit bekleidete sie ein hohes Amt, vergleichbar einem Sektionschef nach österreichischer Hierarchie.

Alle Besichtigungen liefen klaglos laut Programm ab, alle waren bester Laune, Willy Brandt immer mehr, die Bürgermeister kamen und gingen, ebenso die Feuerwehren und Blasmusikkapellen mit oder ohne Jungfernbegleitung, wie es den einzelnen Orten eben möglich war, sogar der Abt von Stift Göttweig machte seine Aufwartung und ließ es sich nicht nehmen, den hohen Gast persönlich bis in seinen Weinkeller zu führen, um ihm die exquisitesten Kostproben der Prälatenweine anzubieten. Brandts Spezialgebiet aber war der Schnaps und nicht der Wein, und so verwirrte der sich durchkostende Berliner seinen Gastgeber bald mit der Frage: „Sagen Sie mal, kann man den nicht auch brennen?" Der Abt schaute etwas betreten drein. Aber Brandt – nomen kann omen sein – war auf diesem Gebiet wie auch sonst sehr unkompliziert. Wenn ihm einmal eine Fahrt zu lang wurde, schlug er eine Pause mit den stereotypen Worten vor: „Jungs, jetzt brauch' ich bald einen Schnaps!" Aber man hat ihm diese Vorliebe damals weder angesehen noch irgendwie angemerkt.

Schließlich landeten wir in jenem von Kreisky vorgeschlagenen, exquisiten Dürnsteiner Lokal, in dem die Preise die größte Nebensache sind. Auf der Terrasse hatte auch die örtliche Trachtenkapelle Aufstellung genommen, deren Anliegen es war, dem deutschen Gast ein besonderes musikalisches Präsent zu überreichen. Wir waren aber gänzlich im Unklaren über seine musikalischen Vorlieben. Also beauftragte ich einen meiner Kriminalbeamten, er möge diskret nachforschen, was denn unser Gast am liebsten hören würde. Dieser Beamte war ein reizender und lieber Kollege, der allerdings ein körperliches Gebrechen hatte: Er war auf einem Ohr schwerhörig. Zielbewusst steuerte er den Platz von Willy Brandt an, der sich in einem angeregten Gespräch befand, und fragte ihn, womit die Kapelle ihm die meiste Freude bereiten könnte. Brandt überlegte kurz, dann sagte er:

„Na ja, die sollen mal ein paar rheinische Lieder spielen!“ Mein Kollege kam zurück und hatte Brandt wohl das falsche Ohr zugewandt, denn seine Meldung an den Dirigenten der Trachtenkapelle lautete: „Der hohe Gast wünscht, dass ihr ein paar schweinische Lieder spielt's!“

Der Dirigent zuckte mit keiner Miene, und sofort erklangen die Melodien von „Frau Wirtin hatte auch ein Töchterlein“ – eine Strophe nach der anderen, wenn auch anfangs ohne Text. Nach einiger Zeit entsannen sich aber ein paar Teilnehmer einiger recht markanter Textstellen, und es dauerte nicht lange, scholl es recht ambitioniert über die Terrasse, was Willy Brandt angeblich so gerne hören wollte. Der aber hörte gar nicht recht hin, weil er sein unterbrochenes Gespräch angeregt fortsetzte.

Wer allerdings zwangsweise mithörte, war jene Frau Ministerialdirigentin. Ihr Gesicht versteinerte zusehends, wutentbrannt kam sie nach ein paar zweideutigen Textstellen zu mir geeilt und stellte mir unzweideutige Folgen in Aussicht. Wenn ich nicht diese frauenverachtenden Lieder sofort unterbinde, würde sie sich über mich beim Außenamt beschweren.

Also fragte ich einen deutschen Kollegen aus Brandts Begleitung: „Wollte der Herr Oberbürgermeister wirklich schweinische Lieder hören?“ Da brach er in Lachen aus und klärte das ganze Missverständnis auf. Ich eilte zum Kapellmeister, klärte auch ihn über den Irrtum auf, und zu meiner Verblüffung schwenkte die ganze Kapelle auf seinen Zuruf mitten in der Musik und ohne eine Pause zu machen um auf „Warum ist es am Rhein so schön?“

Die Frage wurde zwar nicht beantwortet und Willy Brandt hat von dem ganzen Vorfall nichts mitbekommen, aber die Zornesfalten auf der Stirn der gestrengen Ministerialdirigentin begannen sich ein wenig zu glätten. Als ich ihr ein Glas Wein anbot, lehnte sie entrüstet ab, gab aber dann doch „für einen Schluck nur“ nach. Aus dem einen Schluck wurde ein Vierterl und bald war sie vollkommen versöhnt. Eine Wirkung des Weines, die sich schon so mancher österreichische Politiker zu Nutze gemacht hat.

-.-.-.-.-

David gegen Goliath

Von 1987 bis 1990 war ich Stadthauptmann-Stellvertreter in Wien-Landstraße und da es bei der Polizei ein ungeschriebenes Gesetz ist, dass man im gleichen Bezirk nicht unmittelbar vom Stellvertreter zum Chef wechseln kann, ging ich zunächst als Stadthauptmann nach Hietzing, wo ich von 1990 bis 1994 in dieser Funktion tätig war. Erst danach geruhte der Herr Polizeipräsident mich als Stadthauptmann, also als Polizeichef für die Landstraße, zu ernennen, wo ich bis Ende 2000 als solcher tätig war.

In meine Anfangszeit als Stellvertreter des Stadthauptmannes in Landstraße fiel eine Reihe von Erlebnissen auf dem für viele Wiener unvergesslichen Areal des Heumarktes, der im Frühsommer stets ein Synonym war für „Freistilringen“. Da waren alle Größen der Vergangenheit aufgetreten, darunter auch so mancher Österreicher wie Adi Berber, Georg Blemenschütz und später Otto Wanz, der auch das Management übernommen hatte. Natürlich waren die Kämpfe gestellt und vorher abgesprochen, wobei man auf das instinktive Gerechtigkeitsempfinden des Publikums zielte, das sich lautstark und im typischen „Heumarkt-Jargon“ äußerte, der das Wienerische um jene Nuancen bereicherte, die früher höheren Töchtern ein Leben lang vorenthalten wurden. Manchmal blieb es allerdings nicht bei verbalen Attacken oder Aufforderungen zu verbotenen Griffen in Regionen, von denen jene schon zitierten Töchter erst nach der Eheschließung erfuhren, sowie Beschimpfungen, es floss auch Bier in Strömen, und des öfteren sogar in Richtung Polizei, wenn diese durch ein Missgeschick zwischen die Fronten geriet. Solch ein „Missgeschick“ für die Beamten war oft nur der Auftrag, das Publikum von zu spontanen Reaktionen, mit denen es den gerechten Gang des weiteren „Heumarkt-Geschehens“ wiederherstellen wollte, abzuhalten. Wenn aber der Wiener in vermeintlich gerechter Erbitterung alles, was ihm zur Verfügung steht, dafür einsetzt, dass rund um ihn wieder Recht und Ordnung herrscht, so ist es wohl als böse Ironie des Schicksals, wenn nicht geradezu als Frechheit anzusehen, wenn ihm dabei just jene in die Quere kommen, die doch von Haus aus für Recht und Ordnung zuständig sind. So kam es manchmal zu Rangeleien zwischen den

Hütern der Ordnung und einzelnen überbordenden Gerechtigkeitsfanatikern und aus diesem Grund gab es vorbeugend Bier auch nur in Plastik- oder früher Papp-Bechern, wovon im Laufe der Zeit viele auf den Uniformen der Diensthabenden gelandet sind.

Bierdunstausströmende Beamte wurden bei ihrer nächtlichen Heimkehr ins Wachzimmer im Frühsommer nie eines Abstechers ins nächste Beisl verdächtigt, sondern stets interessiert gefragt, wer gewonnen habe. Damit meinte keiner, ob es die Polizei war oder das Publikum, sondern – und das war der Kernpunkt der Aufregung bei den Zuschauern – ob der Bösewicht oder der Gute. In dieses einfache Schwarz-Weiß-Klischee waren alle Abende getaucht, und wenn der „Gute" siegte, hatten wir wenig zu tun, war es aber umgekehrt, mussten wir auf der Hut sein. Denn kam dies zu oft hintereinander vor, konnte die arme, überstrapazierte Volksseele derart ins Brodeln geraten, dass sie den Ring stürmen und den – meist „zuagrasten" – Bösewicht lynchen wollte. Da erforderte es schon einige Überwindung für uns Polizisten, sich dieser Menge in Todesverachtung entgegenzustemmen, zumal wir meist nur aus einer „Formation" von zwei oder drei Mann bestanden, der Ring aber stets vier Seiten hatte. Jedoch wir konnten uns – im wahrsten Sinn des Wortes – ein Hintertürl offenlassen: Dieses Hintertürl gab es wirklich, es war aus Eisen und ging hinaus in Richtung Marokkanerkaserne, die ungefähr 150 Meter entfernt lag und ganze Kompanien von Polizeischülern beherbergte. Merkten wir also, dass es brenzlig zu werden begann, alarmierten wir die Kaserne, und binnen kürzester Zeit eilten zwei oder drei Kompanien drahtiger Burschen zu uns herüber und das, was es vorher im Ring zu sehen gab, erstreckte sich nun auch auf die wogenden Reihen der Zuschauer. So hatte nun jeder hautnah etwas davon, wir drei wurden geschützt, die Schüler bekamen Praxis, und das Publikum hatte einen erlebnisreichen Abend. Manche schworen aus Rache wiederzukommen – was den Manager freute.

Leider ließ mit der Zeit das Interesse an diesen so tief in das Wiener Gemüt hineinreichenden Veranstaltungen nach, sei es, dass man nun daheim vor dem TV-Schirm Ähnliches erleben konnte, ohne dass bei Rundumschlägen gleich die Polizei einschritt. So begann also unser Heumarkt mit Überlebensschwierigkeiten zu kämpfen. Um das Interesse anzukurbeln, holte sich Otto Wanz Superringer aus Amerika wie den legendären „Bull Power", einen glatzköpfigen Riesen von an die 200 Kilo, durchtrainiert, gewandt, trotz seines Gewichtes und versehen mit zwei knallrot gefärbten Haarstreifen über den Ohren, sodass er – aus einiger Entfernung – an den Leibhaftigen erinnerte. Natürlich war seine Rolle die des Bösewichtes, und der Gute schien auf verlorenem Posten zu stehen. Bei ihm handelte es sich des öfteren um einen etwas schmächtigen Österreicher, der einen Kopf kleiner war als sein Gegner und daher keineswegs von vornherein als Held oder Sieger zu apostrophieren war. Allerdings war er sehr flink, und das war fast das einzige Kapital, das ihm zur Verfügung stand. Schon nach den ersten Kämpfen, die beide abwechselnd gewannen, kristallisierte sich beim Publikum das Schlagwort von „David gegen Goliath" heraus – damit war wohl die äußerste Grenze an Bibelkenntnis dieses Publikums erreicht.

Natürlich wussten jene, für deren Börse es wichtig war, wie man das gefügige Blut der Zuseher am besten und schnellsten in Wallung bringen könnte. Diese Aufgabe oblag natürlich „Bull Power", der ja keineswegs als Dressman am Laufsteg auftrat, sondern als Feindbild aller zahlenden und nichtzahlenden Zuschauer und vor allem – nicht zu vergessen – Zuschauerinnen, denen es ganz besonders am Herzen oder wo auch immer zu liegen schien, den Bösewicht an den empfindlichsten Stellen getroffen zu sehen. Dazu flogen lautstarke Anweisungen an seinen Gegner durch die Luft, wo er recht kräftig hinzulangen oder draufzuschlagen habe, aber leider, leider, und zum Wehklagen aller aufrechten Mitleidenden, gelang just dies vorwiegend dem „Bull-Power". Denn dieser nützte in der hinterfotzigsten Weise jede Unachtsamkeit des Schiedsrichters sofort zu einem bösen Regelverstoß, zu einem Hieb oder Boxschlag und dergleichen. Der Schiedsrichter machte, ebenfalls kalkuliert zur Steigerung des Mitwirkungswillens der Zuschauer, einen recht hilflosen Eindruck, er hieß nicht nur seltsamerweise „Nick McNikel", sondern war mit seiner winzigen Figur, zur Hälfte gehüllt in einen Schottenrock, die Karikatur eines Mannes und Schiedsrichters, körperlich das pure Gegenteil zu den Fleisch- und Muskelmassen der Ringer.

Auf ihn war also nicht zu zählen, auf den schmächtigen Österreicher nur, wenn alles seinen geregelten Gang nahm und Fortuna nicht gerade ein Nickerchen machte, daher waren bei diesen Kämpfen die Sitzbacken der Zuseher stets in Alarmbereitschaft, ihren Träger oder ihre Trägerin als letzte Hilfe in Richtung Ring zu befördern. Dies wohl einkalkulierend, hatte eines Tages der Abendregisseur eine ganz besondere Idee, die er zunächst uns, der Polizei, erklärte, damit wir bei dem Geschehen im Bilde waren. „Also", begann er, „heute werden wir das Publikum ganz besonders aufwiegeln. Wir haben ja wieder einen Kampf unseres Mannes gegen „Bull Power", und das Besonders heute wird sein, dass der Unsrige eine Blutkapsel in den Mund gesteckt bekommt. Zuerst brilliert er durch seine Technik und es schaut schon so aus, als tät' er g'winnen, aber dann macht der „Bull" an Untergriff, der Schiedsrichter muss einschreiten, aber der „Bull" langt eam no a paar. Dann haut er a no den Schiedsrichter zu Boden und während dieser wie leblos am Boden liegt, fängt der „Bull" zu boxen an, was das größte Foul beim Ringen ist. In diesem Augenblick zerbeisst unser Österreicher die Kapsel in seinem Mund und des Bluat strömt eam ausse. Daraufhin kommen eam andere Kollegen aus den Garderoben zu Hilfe, rennen ausse, der „Bull" is in an Bluatrausch, die wollen eam bändigen, ja, und so geht's dann halt weiter. Na, is' des was?"

Na, und es wurde auch was! Wir haben seine „gute" Idee schweigend zur Kenntnis genommen, aber man sollte auf der Orgel der Volksseele doch nicht alle Register zugleich ziehen! Der Abend kam heran und mit ihm dieser, von uns und allen anderen mit Spannung erwartete Kampf. Vorsorglich hatten wir auch eine Kompanie Polizeischüler angefordert. Zunächst begann alles ganz friedlich – soweit es bei einem Ringkampf eben friedlich zugeht. Die Beteiligten hielten sich peinlich genau an das vorgegebene Konzept, „Bull Power" schien schon auf der Verliererstraße, und um dieser zu entgehen, entsann er sich des ersten Untergriffes. Das Publikum johlte auf, Mr. Nick McNikel eilte herbei und wurde von „Bull" in eine Ecke gefegt. Das überstand er halbwegs heil, rappelte sich noch einmal auf, aber beim nächsten verbotenen Griff war es um ihn geschehen: Als er vehement einschreiten wollte, gab ihm der Amerikaner einen solchen Hieb, dass er quer durch den Ring flog und wirklich wie leblos in den Seilen hängenblieb. Dort störte er den weiteren Verlauf des ungleichen Geschehens im Ring nicht mehr. Denn jetzt, ungebremst von allen einschlägigen Regeln, stürzte sich der wilde Bulle auf den schmächtigen Österreicher und begann ihn in der widerwärtigsten Weise zu verprügeln. Das Publikum begann zu toben, die ersten Gegenstände flogen durch die Luft, das Gebrüll wurde immer stärker, aber wir wussten ja, dass das alles gespielt war – und machten einen groben Fehler: Wir lachten dazu! Das war natürlich dem Publikum völlig unverständlich, es schrie uns an: „Burschen, tuats was, wofür zahln ma euch denn?“, aber wir standen wie die Salzsäulen und lächelten und dachten, na ja, jetzt muss ja gleich die Sache mit der Blutkapsel kommen. Und wirklich, kaum ausgedacht, rann dem armen, chancenlosen „Guten“ schon das Blut aus den Mundwinkeln, er taumelte hilflos, bekam noch eine drauf, aus den Garderoben erscholl Gebrüll, fünf andere Ringer stürmten wild gestikulierend einher und im Nu war das Chaos perfekt. Jetzt ist uns in Sekundenschnelle das Lachen vergangen, denn die Massen des Publikums, das sich in gerechter Empörung meinte, schickte sich an, den Ring zu stürmen. Gerade noch rechtzeitig trafen im Laufschritt unsere Kompanie Polizeischüler ein, die zunächst einmal uns herausboxen mussten, dann aber vor allem den „Bull Power“ zu schützen hatten, der in gar keiner beneidenswerten Lage war, eingekeilt von wütenden Patrioten, die ihn am liebsten an der nächsten Laterne aufgeknüpft hätten. Dass die Polizei just für so ein elendigliches Schwein einschreitet, erhöhte noch die Wut der kochenden Volksseele. Zum Glück aller Beteiligten floss insgesamt mehr Bier als Blut, „Bull Power“ wurde letztendlich in seine Garderobe eskortiert, der Österreicher wurde stilgerecht mit einer Tragbahre weggeschafft, und als das Publikum, keineswegs befriedigt, auch noch die Garderoben stürmen wollte, zog davor ein doppelter Schutzkordon unserer Mannschaften auf. Brodelnd stand ihnen, mit geballten Fäusten, die um ihr Gerechtigkeitsempfinden betrogene Volksmenge gegenüber, die sich nur allmählich zu zerstreuen begann. Und drüben, im Ring, ganz allein und verloren, hing noch immer der leblos wirkende Schiedsrichter McNikel hilflos in den Seilen.

Nach diesem Abend beschlossen wir, eine derart „gute Idee“ zukünftig nicht mehr so ohne Weiteres in die Tat umzusetzen zu lassen.

-.-.-.-.-

Der Lockruf des Erpels

Von 1990 bis Ende 1994 war ich Stadthauptmann von Hietzing. Nun ist einer der polizeilich interessantesten und auch relevantesten Punkte in diesem Bezirk der ORF auf dem Küniglberg, der damals mit ungefähr 3.000 Mitarbeitern besetzt war, und wo auch immer wieder Vorfälle passierten, die unserer Mithilfe bedurften. Diese „Vorfälle“ reichten vom einfachen Handtaschendiebstahl über das Verschwinden von Tonbändern und Mikrofonen bis zur „Auslagerung“ von Kameras und einmal sogar einem ganzen Schneidetisch, der einen „Liebhaber“ just bei jenem Bewachungsunternehmen gefunden hatte, dessen Aufgabe eigentlich darin bestanden hätte, auf solche Objekte aufzupassen. Aber manche Zeitgenossen erliegen eben Verführungen leichter als andere, eine Thematik, die uns sozusagen in Variation bei dieser Geschichte noch beschäftigen wird.

Der ORF war aber auch in anderer Hinsicht ein für uns interessantes Objekt, weil schon bei dessen Bau Überlegungen angestellt worden waren, wie man etwaigen Terrorüberfällen am besten vorbeugen könnte. Natürlich kann ich mich hier aus begreiflichen Gründen nicht in Einzelheiten ergehen, ich möchte gleichsam stellvertretend nur ein Beispiel bringen: Der Sendeleiter, also jene Person, die von einem eigenen Raum aus die Programme überwacht, sie bei Bedarf stoppen oder auch verlängern kann, die sich damit aber auch etwaige Verschiebungen von Sendeterminen überlegen muss, diese Person sitzt zum Schutz vor etwaigen Terroristen oder Aktivisten, die in einer laufenden Sendung eine Proklamation verlesen wollen, in einem speziell abgesicherten Raum, der sich in einem Hochsicherheitstrakt befindet, zu dessen Zutritt man einer speziellen Berechtigungskarte bedarf. Und die Überprüfung der Sicherheitsmaßnahmen, auch dahingehend, inwieweit sie sinnvoll und ausreichend waren, fiel in unseren Aufgabenbereich.

Auf Grund all dieser vielfältigen beruflichen Kontakte ergaben sich mit der Zeit natürlich auch menschliche Berührungspunkte, sodass wir vielfach auch bei kleinen Alltagsproblemen, die polizeiliche und besonders verkehrstechnische Belange berührten, um Rat und manchmal auch um Tat gebeten wurden, und in den meisten Fällen war es uns auch möglich, helfend einzugreifen.

Diese Kontakte einmal in anderer Richtung zu nutzen, beschloss ich, als eines Tages in unserem Kommissariat ein zugegeben etwas ausgefallener Plan geboren wurde: Unser Dienstposten in der Lainzer Straße umfasst nach hinten hinaus einen prachtvollen Garten von ungefähr 3.000 Quadratmetern Größe mit einem wunderbaren, alten Baumbestand. Diese brachliegende Ressource wollten wir irgendwie nutzen. Der erste Plan war ein ganz eigennütziger und sehr verständlicher: Wir dachten daran, dort Liegestühle für unser Personal aufzustellen, damit es sich in den Arbeitspausen sonnen könne. Dazu kam es aber nie, nicht weil es an der Sonne, sondern an Arbeitspausen mangelte, sodass wir im Jahre 1993 beschlossen, eine Veranstaltung in diesem Garten zur Imagewerbung für die Polizei durchzuführen. Es sollte, beginnend am frühen Nachmittag und bis in den Abend dauernd, ein Fest für Jung und Alt werden.

Selbstverständlich musste eine solche Aktion vom Polizeipräsidenten bewilligt werden. Diese Bewilligung erfolgte unter der Bedingung, dass die Veranstaltung nicht gewinnorientiert sein dürfe und für Speis' und Trank ein gewerbeberechtigter Gastronom gefunden werden müsse, denn der Herr Präsident lege keinen Wert darauf, dass bei ihm Beschwerden einlaufen, die da lauten, bei der Polizei werden die Krügeln so schlecht eingeschenkt.

Man möchte gar nicht glauben, wie viele Einzelheiten man beachten muss, wenn man ein solches Fest auf die Beine stellen will: Das beginnt bei so selbstverständlichen Notwendigkeiten wie den Toiletten für die Besucher, umfasst die Versorgung mit Speisen und Getränken, die Anforderung von Stromleitungen für die Bühne und zusätzliche Beleuchtungskörper sowie die Sicherstellung, dass der polizeiliche Weiterbetrieb energiemäßig nicht gefährdet ist, und endet bei der Reinigung des Gartens und der Wiederherstellung der Rasenflächen nach der Beendigung des Festes. Wir beschlossen, diese Veranstaltung an einem Freitag im September nach Schulbeginn durchzuführen unter Mitarbeit aller Abteilungen, also der Kriminal-, Sicherheits- und Verwaltungsbeamten.

Selbstverständlich wollten wir unserem jungen und erwachsenen Publikum möglichst viel Abwechslung und auch Attraktionen bieten. Da erinnerte ich mich meiner guten Kontakte zum ORF und dachte mir, wenn wir dem ORF schon so oft geholfen haben, könnte man die bisherige „Einbahnstraße“ ja auch einmal umdrehen. Ich wandte mich also an eine sehr bekannte Dame, die dem Publikum schon von vielen Sendungen her vertraut war, mit der Bitte um Mitarbeit. Allerdings könnten wir nichts zahlen, weil wir nichts zahlen dürfen, denn jeder Einnahmenüberschuss gehe an das St.-Anna-Kinderspital. So war es vereinbart. Jene sehr beliebte Dame sagte sofort und freudigen Herzens zu, und auf diese Art und Weise gelang uns ein sehr ansprechendes Programm, das von Hundevorführungen über den Betrieb von Funkwagen bis zu jenem fast eine Stunde dauernden Programm jener ORF-Dame reichte. Wir hatten als besonders Attraktion auch noch die Alarmabteilung aufgeboten, die sich vor den Augen der begeisterten Kinder vom 3. Stock abseilte und als Lohn dann ein paar Schnitzel und ebenso viel Krügerl Bier erhielt.

Der Höhepunkt an Beliebtheit aber war und blieb jene Dame vom ORF, und ich versicherte ihr, dass wir ihr gerne helfen würden, sollte sie einmal in Schwierigkeiten sein oder sonst in irgendeiner Weise Unterstützung benötigen. Es wäre eine Freude für uns, und ich versprach zu tun, was in meiner Macht stünde. Ich dachte dabei an die Beschleunigung bei der Ausstellung eines Passes oder dergleichen. Ein Anruf genüge.

Der Anruf kam früher als erwartet. Schon nach vier Wochen meldete sich jene Dame telefonisch bei mir mit der Bitte um ein Vier-Augen-Gespräch, sie habe ein schwerwiegendes Problem. Sie kam zu mir ins Kommissariat und erzählte, sie werde jede Nacht telefonisch belästigt. Ein unbekannter Anrufer terrorisiere sie mit sexuellem Gestöhne, und sie wisse sich nicht mehr zu helfen, denn abschalten könne sie ihr Telefon nicht, weil ihr Vater in seiner Wohnung allein lebe und sehr krank sei und sie daher jederzeit für ihn erreichbar sein müsse. Zwar verfüge sie über eine Geheimnummer, die in diesem Falle aber nichts nütze, da der Unbekannte irgendwie den Anschluss herausgefunden haben muss.

Das war eine sehr unangenehme Eröffnung, denn derartige Vorfälle zählen zu den schwierigsten Aufgaben bei der Polizei. Es gibt zwar eine – beschränkte – Palette von Möglichkeiten, angefangen von der Überwachung der Nummer, aber alle in Frage kommenden Maßnahmen waren in diesem speziellen Fall nicht zielführend. Die Überwachung ergab, dass aus wechselnden Telefonzellen angerufen wurde; eine Abschaltung in der Nacht kam wegen ihres Vaters nicht in Frage und gegen eine Änderung der Geheimnummer wehrte sie sich mit allen Kräften, verständlich, wenn man sich vergegenwärtigt, wie viele Menschen eine in der Öffentlichkeit bekannte Person von dieser Änderung verständigen müsste. Ich war ziemlich frustriert, weil ich mir eingestehen musste, dass mir eigentlich nichts Gescheites eingefallen war und ich sie, lediglich mit tröstenden Worten versehen, wieder ziehen lassen musste. Allerdings hat mir ihr Problem keine Ruhe gelassen und in mir unterschwellig weitergearbeitet.

Eines Tages besuchte ich wieder einmal ein Waffengeschäft, dessen Inhaber ich gut kannte und mit dem ich oft und gerne Informationen über alle möglichen Neuentwicklungen auf dem Waffensektor austauschte. Während unseres Gespräches fiel mein Blick zufällig auf eine Wandtafel mit Accessoires, die mir auf Anhieb nicht gleich erklärlich waren. Manche dieser aus Holz gefertigten Objekte ähnelten teils Pfeiferln, teils flötenartigen Gebilden, was mich verwunderte, da ich bei meinem Gesprächspartner noch nie eine musikalische Ader entdeckt hatte. Jedoch, er klärte mich sofort auf: Da er auch Jagdwaffen und verwandte Utensilien führe, habe er nun aus England diese „Instrumente" importiert, mit denen man die Lock- und Balzrufe verschiedener Vögel nachahmen könne. Ich ersuchte ihn, es einmal ausprobieren zu dürfen.. Lächelnd stimmte er zu. Der Reihe nach verwandelte ich mich nun blasend von einer balzenden Wachtel in eine revierverteidigende Amsel, bis ich, beim vierten Rufe angelangt, einen markerschütternden Ton produzierte. Dieser Ruf beginnt ganz harmlos mit einem Roller, endet aber mit einem extrem schrillen Ton, am ehesten noch vergleichbar jenem Geräusch, das entsteht, wenn man eine Kreide in schrägem Winkel über die Tafel zieht. Das war mir schon in der Schule zutiefst zuwider gewesen, dieser Balzruf aber war die Steigerung zur Potenz. Unverständlich, dass solche Laute Weibchen anlocken sollten. „Da vergeht einem ja Hören und Sehen!", wandte ich mich schaudernd ab.

„Ja", erwiderte mein balzkundiger Waffenhändler, „für Wildentenweibchen scheint es nichts Schöneres zu geben, das geht ihnen durch und durch, vielleicht, weil der Erpel ihnen damit signalisiert, dass er etwas zu bieten habe, was ihnen wirklich durch und durch gehen könnte."

Ich begriff, dass die Evolution ein äußerst breites Spektrum kennt, sogar beim akustischen Liebeswerben. Ich war sogar in der Lage, den Ausspruch meines Hausarztes: „Was dem einen nichts ausmacht, macht den anderen völlig fertig!" noch dahingehend zu erweitern: „Was den einen völlig fertig macht, macht den anderen glücklich!" Eine Ente müsste man sein!

In diesem Moment durchzuckte mich ein Gedanke: Ich bat meinen Freund, er möge mir dieses scheußliche Lockrufinstrument für eine Weile borgen. Kaum im Kommissariat angelangt, rief ich jene bedrängte ORF-Dame an und legte ihr meinen Plan dar. Ich hätte da ein ganz besonderes „Instrument“ bei mir, das ich ihr einige Zeit überlassen könne, und wenn jener Unbekannte sich bei ihr melde und ihr etwas vorstöhne, soll sie darauf pfeifen.

Es dauerte gar nicht lange, suchte sie mich im Kommissariat auf mit der Bitte, sie wolle das Pfeiferl kaufen, egal, was es koste. Jener Kerl habe in der Zwischenzeit noch drei- oder viermal angerufen, sie habe den Lockruf des Erpels angestimmt, wie ich ihr empfohlen habe, und seit einer Woche herrsche Ruhe. Kein nächtlicher Anruf mehr, kein Stöhnen, nichts. Der Ruf, der eigentlich ein Lockruf ist, hat den Unbekannten vertrieben.

Wir waren beide hochzufrieden, aber die Geschichte ist damit noch nicht zu Ende. Natürlich erzählte sie freudig allen Kolleginnen von diesem bemerkenswerten Erfolg ihres Erpelgeblases. Das hatte aber noch eine ganz andere Wirkung! Wieder eine Woche später rief mich ganz aufgeregt mein Freund, der Waffenhändler an, er sei in großer Bedrängnis, denn es kämen ständig Damen in sein Geschäft mit dem Verlangen nach dem „Lockruf des Erpels“. Er habe in der letzten Woche so viele Lockrufe verkauft wie in den letzten drei Jahren nicht und bitte um Verständnis, er sei in massiven Lieferschwierigkeiten.

Ich weiß nun nicht, ob die Damen vom ORF reihenweise nächtlich belästigt wurden oder ob sie sich vorbeugend mit männlichen Brunftschreien ausrüsteten – wenn auch nur vom Erpel. Aber auch der ist – wie wir jetzt wissen – bei Menschen durchaus wirksam, wenn auch nicht so, wie von der Natur ursprünglich gedacht. Zum Glück – für Mensch und Tier. Und insbesondere zum Glück für jene Damen des ORF!

-.-.-.-.-.-.-.-.-

Santa Claus auf Abwegen

In der Vorweihnachtszeit war und ist in Hietzing, dem 13. Wiener Gemeindebezirk, Brauch, dass der lokale Kulturverein im Hof des altehrwürdigen Kaffeehauses „Dommayer“ einen Weihnachtsmarkt veranstaltet. Dazu benötigt man natürlich auch einen Weihnachtsmann, am besten einen, der nichts kostet und der zudem noch für den Markt wirbt. So einen zu finden, bereitete im Jahre 1992, als ich bereits Stadthauptmann in Hietzing war, einige Mühe. Jedoch, als ich einmal beim „Dommayer“ vorbeiging, erblickte ich einen gemessen hin- und herwandelnden Santa Claus und war ziemlich erstaunt, als er mich mit meinem Namen grüßte. Da ich an solche Weihnachtswunder prinzipiell nicht glaube, schaute ich ihn mir schärfer an, worauf er sich sofort mit den Worten: „I bin’s, der Kaserer!“ zu erkennen gab.

„Ach, Sie“, war ich nun wirklich erstaunt, „waren Sie nicht einer der eifrigsten Demonstranten der 70er-Jahre?“ versuchte ich mich zu erinnern. „Ja, ja, das stimmt“, pflichtete er mir bei, „aber die guaten Zeiten san vorbei, aber immerhin: auf der Straßen bin i no immer!“ So haben wir eine Weile ganz nett miteinander geplaudert und alte Zeiten wieder aufleben lassen. Ich begann mich zu erinnern, dass ich diesen Kaserer als „Berufsdemonstrierer“ kennengelernt hatte, denn er war gegen alles, wogegen man damals nur sein konnte, gegen die Autofahrer, gegen Zwentendorf und – vor allem – gegen Biafra-Bissau. Bei dieser Demonstration war ich mit 50 anderen Beamten zum Schutz der ungefähr 60 Teilnehmer eingesetzt, und als wir so in friedlicher Eintracht zusammen nebenher marschierten, ergaben sich nach einiger Zeit menschliche Berührungspunkte. Vor allem wollte ich gerne wissen, wo eigentlich dieses Biafra-Bissau lag und wogegen die Teilnehmer demonstrierten, wenn sie riefen: „Imperialisten hinaus aus Biafra-Bissau!“ Aber keiner von ihnen konnte mir darauf eine Antwort geben. Keiner. Das war natürlich alles von der DDR und den Kommunisten gesteuert.

Mit der Zeit fiel mir auf, dass ich meinen damaligen Gesprächspartner auch bei anderen Demonstrationen traf, und zwar bei allen, ganz egal, worum es dabei ging, sogar bei einer Kundgebung der Ärztekammer war er im vordersten Glied anzutreffen. Somit hat er mit seiner Person, vielleicht auch seiner einschlägigen Erfahrung jede Demonstration zu bereichern versucht. Dann kamen mit dem zunehmenden Wirtschaftsaufschwung anscheinend schlechtere Zeiten für Demonstranten, er brach erfolgreich sieben Studien ab und mutierte – wie ich nun ein wenig amüsiert feststellen musste – zum Weihnachtsmann und beglückte kleine Kinder, die er samt Müttern zum Besuch dieses Marktes zu überreden trachtete. Ich war zufrieden und dachte schon, es wäre sein erster Schritt zu einer geordneten, bürgerlichen Existenz.

Bald hatte ich die Begegnung vergessen, als eines Tages ein Anruf vom Wachzimmer Am Platz in Hietzing kam: „Wir haben da bei uns im Arrest einen besoffenen Weihnachtsmann, der sich auf Sie beruft. Was soll ma denn mit ihm machen?" „Heißt er Kaserer?", fragte ich. Ja, es war der Kaserer. Ich fuhr sofort hin und fand einen angesoffenen Kaserer im Wachzimmer vor. Was war geschehen?

Kaserer erzählte mir lallend den Hergang des Geschehens aus seiner Sicht. Anscheinend hatte er zu mir Vertrauen, weil er in mir noch einen Mitmarschierer aus alten Zeiten sah. So brachte ich aus ihm heraus, dass an diesem besonders kalten Wintertag die Standler mit ihm Mitleid hatten. Sie luden ihn auf einen Punsch ein, einer nach dem anderen, und dabei wurde ihm immer wärmer und immer wohler, bis er seine ursprüngliche Aufgabe als Weihnachtsmann irgendwie anders zu interpretieren begann. Dabei dürfte ihm seine einschlägige Demonstriervergangenheit einen unterbewussten Streich gespielt haben, denn auf einmal genügte es ihm nicht mehr, mit sanfter Stimme Mütter und Kinder zum Besuch des Weihnachtsmarktes zu bewegen, keineswegs, nun begann er, den Müttern die Kinderwagen zu entreißen, damit in den Innenhof des Kaffeehauses zu preschen und wortgewaltig zu brüllen:

„Da gehört's ihr her, eas Pamperletsch, was san denn des für Weihnachten, wann die Mamis nix springen lassen wollen für euch! Ha?" Und mit dem letzten Ausruf fuhr er jeweils die Mütter an, die atemlos hinter ihm herhasteten, um ihren Nachwuchs wieder einzufangen, der ihnen von dem seltsamen Weihnachtsmann vor ihrer Nase entrissen worden war.

WEIHNACHTS
PUNSCH

Solche handfeste Aktionen, geboren aus dem Erfolgsdruck seines früheren Lebens als Demonstrant, konnten natürlich auf die Dauer nicht toleriert werden, zumal sich auch seine Ausdrucksweise zusehends radikalisierte. Die Polizei schritt ein. Kaum dieser ansichtig, rief der ausufernde Weihnachtsmann ihnen in Abwandlung eines Demo-Rufes von früher: „Des is' eine angemeldete Demo, da kann i machen, was i wüll!“ zu: „Des is' a offizieller Weihnachtsmann, und der kann machen, was er wüll!“

Daraufhin wurde der „offizielle Weihnachtsmann“ offiziell abgemahnt und nach seinem Namen gefragt. „I haaß Claus!“, war seine Antwort. „Wie noch?“ „Santa.“ „Wie bitte?“ “Santa Claus haaß i, du Hirnederl. Siechst des net?“ Daraufhin verlangte der Polizist nach einem Ausweis. „Hast du scho' amal an Heiligen mit an Ausweis g'sehn, du Unchrist?“

Somit blieb dem Beamten nichts anderes übrig, als den „Heiligen“ zwecks Identitätsfeststellung ins Wachzimmer mitzunehmen. Als ich dann den Identitätszeugen abgab, war der Heilige doch sehr erleichtert, dass jemand seine wahre Natur erkannt hatte, und fiel beruhigt in den Schlaf der Ernüchterung.

Allerdings hatte der Vorfall Folgen: Der Hietzinger Kulturverein hat aus Sorge, kleinen Kindern das Trauma zu ersparen, dass sich ein Weihnachtsmann wie ein Krampus gebärdet, beschlossen, in Hinkunft auf ein Christkind umzusteigen. Somit hat der arme Kaserer sein bisher bevorzugtes Tätigkeitsgebiet, die Straße, endgültig verloren; just als er sich anschickte, ein Heiliger zu werden.

-.-.-.-

Pepis Begräbnis

Anfang der Neunzigerjahre, als ich Stadthauptmann in Hietzing war, kam es zu einem an und für sich traurigen Ereignis: Ein lieber und arbeitsfreudiger Kollege brach beim Verlassen des Kommissariates, als er seinen Außendienst antreten wollte, wie vom Blitz getroffen zusammen und wurde an Ort und Stelle zu einem höheren Dienst abberufen. Wie später diagnostiziert, war er von einer Sekunde auf die andere an einem Herzinfarkt gestorben. Wir haben einige Zeit herumgerätselt, ob er besonderen Anforderungen ausgesetzt gewesen war oder ob er sich irgendwie über die Maßen aufgeregt hätte, schließlich aber kamen wir nur zu dem nicht gerade beruhigenden Schluss, dass so etwas jedem passieren könne, auch wenn er kein aufregendes Leben führt.

Nun ist es bei uns Brauch, dass beim Begräbnis eines Kollegen Vertreter der Polizei ihm das letzte Geleit geben. Dieser Revierinspektor stammte aus einem einsamen Ort im Waldviertel und wurde natürlich auch dort begraben. Also stand uns eine Fahrt in das schon tiefherbstliche Waldviertel bevor, drei Busse mit Kränzen, Polizeimusik und den Vertretern aller Teile der Exekutive. Ich hatte die ehrenvolle Aufgabe, den damaligen Polizeipräsidenten Bögl zu vertreten, der mich angerufen und mir mitgeteilt hatte, er sei leider aus wichtigen Gründen verhindert und er bitte mich, seinen Kranz in seinem Namen am Grab des verdienstvollen Kollegen niederzulegen. Ich versicherte ihm, es sei mir eine Freude, besser gesagt eine Ehre und der letzte Dienst, den ich diesem ehrbaren Manne leisten könne. Damit hatte ich natürlich den Verstorbenen gemeint.

Wirklich war binnen kurzem ein prachtvoller Kranz aus der Polizeidirektion eingetroffen, mit allem Drum und Dran, Rosen, Lorbeeren und Schleifen mit schönen Worten, was aber das Herz des Verstorbenen auch nicht mehr höher schlagen lassen konnte. Wir fuhren also am Tag des Begräbnisses vom Kommissariat in Hietzing in der Lainzer Straße ab. Die Stimmung war gedrückt, nicht nur wegen des Anlasses, sondern auch wegen der Witterung. Es war nebelig und nasskalt, ein typisches November-Wetter, obwohl es erst Oktober war. Ich möchte meinen Kollegen und Kolleginnen nichts unterstellen, aber ich hege durchaus Verständnis dafür, dass so mancher vielleicht lieber in seiner warmen Amtsstube sitzengeblieben wäre, bei mittäglicher Wurstsemmel und Ärger mit den „Kunden“, als in einen abgelegenen Ort zu fahren und dort auf einem zugigen Friedhof sich jene Symptome zuzuziehen, gegen die man sich erst vor zwei Wochen hatte schutzimpfen lassen. Außerdem war der verstorbene Kollege mehr dem Namen nach für alle ein „Kollege“, weil er ja nicht allen Beteiligten persönlich bekannt war. Manche kannten ihn nur flüchtig, anderen half selbst die beste Beschreibung wenig. Nichtsdestotrotz – die Fahrt ging los, und für manchen war es auch einmal eine willkommene Abwechslung im Trott des Alltags. Immerhin war es ja auch im Bus recht warm, zumindest nach einiger Anlaufzeit, man richtete es sich ein, jeder hatte eine andere Verpflegung mit, wobei sich bald ein reger Tauschhandel entwickelte, und so verstrich die Zeit mit Nahrungsaufnahme und halbphilosophischen Gesprächen über die Begrenztheit unseres irdischen Daseins schneller als erwartet.

Die Gemeinde, die wir ansteuerten, lag nördlich von Allentsteig in einer Gegend, in der die Häuser Seltenheitswert haben. Wald wechselte mit Wiesen, dann kam wieder Wald. Was uns aber freute, war das Umschlagen der Witterung: Die Sonne brach durch und zeigte uns in aller Freundlichkeit eine schöne, aber verlassen wirkende Gegend. Dennoch fanden unsere Chauffeure den „Zielhafen" ohne größere Probleme, was darauf zurückzuführen war, dass einer von ihnen aus der Umgebung stammte. Er wusste auch davon zu berichten, dass der Ort zwar sehr klein, aber – für seine Größe – doch immerhin zwei Wirtshäuser aufzuweisen hatte. Die Stimmung in den Bussen stieg wieder, weil wir sicher sein konnten, auf Labung nach dem Begräbnis nicht verzichten zu müssen.

Da wir ungefähr eineinhalb Stunden vor Beginn des Begräbnisses eingetroffen waren, hatten wir kaum eine andere Wahl, als die beiden gastlichen Stätten aufzusuchen und uns für den bevorstehenden Abschied von unserem Freund und Kollegen zu stärken. Als sich die Nachricht von unserem Eintreffen – wie es in kleinen Gemeinschaften üblich ist – in Windeseile verbreitet hatte, fanden sich am selbigen Ort alsbald der Bürgermeister und auch der Pfarrer ein. Ihr Aussehen erinnerte mich sofort an Deix-Figuren. Der Bürgermeister war ein stattlicher Mann, der ohne lange Umschweife sprach und immer geistig mit der Faust auf den Tisch schlug. Jedes Wort wurde mit dem Nachdruck seiner durch die beschränkte Anzahl seiner Wähler ein wenig begrenzten Würde gesprochen, nichtsdestoweniger war er ein herzlicher und offener Mensch. Nach dem ersten Willkommenstrunk stellte er mir sofort eine wesentliche Stütze der Gemeinde vor, einen Mann ganz anderen Typs, hager, mit schütterem Haar und einer enormen Hakennase, der – bei näherer Betrachtung – besser selbst eine Stütze gebraucht hätte. Anscheinend hatte er die Ankündigung unseres Eintreffens zum Anlass genommen, schon im Vorhinein für die Willkommenstrunke mit sich selbst zu üben. Jedoch erwies sich der Mann als wirklich unverzichtbarer Bestandteil jeglichen Geschehens in der entvölkerten Gemeinde, war er doch Gemeindesekretär, Mesner, Totengräber, Straßenkehrer und Plakatierer in Personalunion. Mag sein, dass auch der Druck dieser Ämter derart auf ihm lastete, dass er versuchte, mittels Branntwein die Erinnerung an fünf ständig vorhandene Verantwortungen verblassen zu machen. Allerdings war auch seine Begrüßung eine sehr herzliche, da sich viele zu freuen schienen, dass Besuch aus der Stadt gekommen war.

So machten die Wirte ihr Geschäft, das aber war zumindest für ihre Begriffe heute ein außerordentliches. Man darf ja nicht vergessen, dass am Land und besonders in kleinen Siedlungen, das Geschäft vornehmlich belebt wird durch Eintritte ins Leben bzw. Austritte aus demselben. Diese Art von biologischer Fluktuation bewahrt so manches Wirtshaus vor dem Ruin.

Selbstverständlich war die Begrüßung durch den Pfarrer eine sehr würdevolle, um nicht zu sagen, ein wenig distanzierte. Anscheinend fand er es ein wenig unpassend, dass wir plötzlich wie ein Schwarm Heuschrecken in die Gaststube einfielen, wo doch in Kürze der feierliche Übertritt einer Seele in ein anderes Reich zu begehen war. Daher lehnte er strikt jedes Gläschen das ihm angeboten wurde ab, was allerdings den Verlauf des Begräbnisses auch nicht mehr zum Vorteil beeinflussen sollte. Denn die Weichen waren – ohne dass wir es ahnten – bereits gestellt.

Aus ganz unerfindlichen Gründen, vielleicht um dörfliche Eifersüchteleien zu vermeiden, wechselten die Verwandten zur Wirtshauskonkurrenz, während ich mich zum Bürgermeister an seinen Stammtisch setzen durfte. So etwas hat man in ländlichen Gebieten immer als Ehre zu empfinden, so wie er sich geehrt fühlte durch die Anwesenheit eines Stadthauptmannes. Ein derart hoher Beamter, noch dazu ein Hofrat, verirrt sich sonst selten in sein Hoheitsgebiet. Da galt es für ihn sofort, Erkundigungen einzuziehen, die mit seiner verwunderten Frage begannen:
„Sag' amal" – und das Du bezog sich sicher auf unsere Gemeinsamkeit in der Trauergemeinde – „Sag' amal, wieso seid's ihr eigentlich so viel? Drei Busse? War der so bekannt oder so berühmt?"
„Nein", erklärte ich ihm, „er war gar nicht berühmt, aber das ist bei uns

auch nicht notwendig, weil jeder Kollege, der im Dienst verstirbt, mit solchen Ehren bestattet wird. Das heißt, jeder Teil der Exekutive, also Verwaltung, Kriminalbeamtenschaft und die Sicherheitswache stellen sowohl eine Abordnung wie auch je einen Kranz."
„Aha", nickte er verständnisvoll, „das is' g'scheit, weil da hat er wenigstens einmal drei Kränze fix. Man waß ja net, net wahr? Es gibt ja a knausrige Verwandte."

Anscheinend hatte er so seine Erfahrungen. Er hob sein Glas und stieß mit mir an. Dann wurmte ihn wieder eine Lücke in seinem Wissen: „Drei Kränze, hast g'sagt, net wahr? Ja, aber ihr habt's ja vier ausg'laden. Is' des a Reservekranz oder was?"
„Nein, lieber Freund, der vierte stammt vom Polizeipräsidenten persönlich, und er hat mich gebeten, an seiner Stelle ihn hier zu vertreten."
„Was?", der gute Mann schluckte, „du bist da hier – ich mein', Sie san da da" – er geriet ins Stocken, musterte mich, dann fuhr er fort in seinem Gedankengang: „Also Sie san da quasi jetzt das ältere, das, na, wie sagt man, das alternde Ego vom Wiener Polizeipräsidenten?" Ich hatte den Eindruck, hätte er eine Uniform getragen, wäre er am liebsten aufgestanden und hätte salutiert.
„Ja", bestätigte ich ihm, „in einem gewissen Sinne bin ich hier das alter ego des Herrn Präsidenten. Aber deswegen kannst ruhig weiter du zu mir sagen."
„Na", widersprach er mir heftig, „na, des geht net, weil zu an Präsidenten kann man net so afach du sagen. Das is' net usus bei uns." Er liebte anscheinend lateinische Floskeln.
„Aber wir könnten doch darauf anstoßen, oder ist das bei euch auch nicht usus?" schlug ich ihm vor.
Er strahlte mich übers ganze Gesicht an, denn damit hatte ich fast seine Zuneigung gewonnen. „Ah ja", rief er erfreut aus, „des is' oft bei uns usus. Mit manche wird' i fast jeden Tag per du – aber net mit alle. Net mit alle, verstehst mi?"
„Klar versteh' i di." Und unsere Gläser schwappten im Zusammenprall fast über. Dann wurde er wieder nachdenklich:
„Sag', und wer wird denn den Sarg zum Grab tragen? Habt's ihr des scho' geregelt?"

„Das ist alles seit langem schon geregelt. Schon seit Jahren!"
„Was", rief er erstaunt, „bevor der Pepi g'storben is', habts euch des scho' ausg'macht? Des is' aber net schön von euch!"
„Nein, nein", beruhigte ich ihn, „das ist bei uns ein alter Brauch. Je nach dem Rang des Verstorbenen wird er von sechs Kollegen seines Ranges hinausgetragen, bis zum Grab."
Der Bürgermeister nickte zufrieden: „A schöner Brauch." Dann kam er auf eine Idee: „Und wann du stirbst als a Hofrat, dann müssen dich sechs Hofräte aussitragen?"
„Ja, so ist das", bestätigte ich ihm. Da machten sich Sorgenfalten auf seiner Stirne breit, und ich dachte, sie würden sich auf mein baldiges Ableben beziehen. Aber mitnichten, denn er sagte: „Na hoffentlich derschleppen die Brüader des! San ja nimmer die Jüngsten, solchene Hofräte. Und a nix g'wöhnt als an Schreibtisch mit Papierln. Is' denn da no nia aner zsammbrochen?"

Ich musste gestehen - da ich noch nicht so lange Hofrat war, um an einem Begräbnis als Sargträger teilgenommen zu haben - dass ich das nicht wusste. Er tröstete mich mit den einfühlsamen Worten: „Wird scho' no' kommen, warts nur ab!" Wieder hob er sein Glas, blikkte in die Runde, in welcher seine Schäfchen sich versammelt hatten, als ihm einer unserer Musiker auffiel, der sein Instrument polierte.
„Ah ja", brach es da aus ihm heraus, „was i di no hab' fragen wollen. Waßt, a Musik hätt' ma ja selber a ghabt, a bissl a klane, des is' scho wahr, aber blasen kennans, sag i dir, vor allem wanns net schnell sein muaß, und auf an Begräbnis wird eh nur langsam blasen. Jetzt, warum habts ihr denn euchre Musik selber mitbracht? Habts glaubt, mir ham kane, oder was?" fragte er fast herausfordernd mit vorgerecktem Kinn.
„Nein, nein", beschwichtigte ich ihn und versuchte, die vermeintlich angegriffene Ehre der dörflichen Musikanten wiederherzustellen, „auch das ist ein Brauch bei uns, dass bei jedem Begräbnis eines Kollegen die Polizeimusik ausrückt."
„Aha, jedes Mal?", sinnierte er meiner Ausführung nach.
„Ja, jedes Mal", bestätigte ich ihm.
Er schaute sich um, dann wandte er sich wieder zu mir: „Aber viel san des net. Soviel hamma a, wann ma die alten Reservisten dazuanehmen!"

„Ja, weißt, das wechselt“, erklärte ich, „je nachdem, wer stirbt. Je höher der Rang, umso mehr blasen. Heute haben wir zirka fünfzehn Musiker mit.“
„Mehr war euch unser Pepi net wert?“ Seine Stimme bekam einen drohenden Unterton. Ich antwortete schnell:
„Wert war er uns ein ganzes Orchester, aber das ist durch einen Erlass geregelt. Wie gesagt, je höher oben, desto mehr Musik.“
„Na ja“, nickte er, „aber jetzt wär der Pepi doch ganz oben!“ Ich musste zugeben, dass unser Erlass diese seine Logik leider nicht berüksichtigte. Dafür galten nur die Bedingungen zu Lebzeiten.
„Ja, ja, i versteh’ scho“, beruhigte er sich wieder. Nach einer kleinen Pause, die ich nützte, um dem hageren Mesner einen Seitenblick zuzuwerfen, der an einem Tisch für sich allein so manches Glas genoss, fuhr der Bürgermeister fort: „Und was is’, wann amal eucher Präsident stirbt? Dann blasen eam alle was, net wahr?“
„Ja“, bestätigte ich ihm und musste ein Lächeln unterdrücken, „dann spielen alle. Sozusagen das ganze Plenum!“
Da brach der gute Mann ganz unvermittelt in ein dröhnendes Gelächter aus und rief immer wieder: „Des is’ guat, des gfallt ma: Des ganze Plenum blast eam was. Hallo! Des möchte i amal derleben, amal nur!“
Ich war etwas erschrocken, weil ich dachte, jetzt hätte ihn endgültig der Alkoholspiegel überschwemmt, aber als er sich ein wenig beruhigt hatte, beruhigte er auch mich, der ich glaubte, er sehne das Begräbnis meines Polizeipräsidenten herbei, nur um die gesamte Polizeimusik hören zu können. Aber da befand ich mich zum Glück im Irrtum, wie er mir gleich erklärte: „Na ja, weißt, i hab mir vorgstellt, wann i amal stirb, dann blasen die zwölf Mandeln, die i scho’ dreißig Jahr lang kenn’, aber des muaß scho’ schen sein, wann dann so aus allen Rohren was aussakummt, dass i des nia derleben wird’, waßt, in Wahrheit is des scho a Gfrett, wannst wer bist, aber nur in so an Nest! Man muaß halt wer sein in aner richtigen Umgebung, verstehst, auf die Umgebung kummts an. Siagst das ja jetzt, wer da blast.“ Er verfiel ins Sinnieren: „Ja, ja, i habs immer gsagt, i ghörat in a andere Umgebung.“ Dann ermannte er sich, hieb mir plötzlich auf die Schulter und rief:
„Aber gfreuen tua i mi doch, dass ihr aussakommen seids daher zum Pepi. Aber jetzt haßts, dass ma weiterkommen, der Pfarrer is’ scho

gangen, net dass der Pepi hamlich ins Grab steigt, tuast du halt deine Leut zsammruafn und i meine."

In seinem Fall sah das so aus, dass er zum Gemeindesekretär bzw. Mesner bzw. Totengräber hinüberging und ihm ebenfalls aufmunternd auf die Schulter hieb, worauf der Gute mehr einknickte, als ein Mann seiner Statur eigentlich sollte. Auch erhob er sich auf eine Art und Weise, die mir doch ein wenig bedenklich erschien. Aber ich hatte mit der Aufstellung unserer Abordnungen alle Hände voll zu tun, die Musiker bliesen heiße Luft durch ihre Instrumente, um sie vorzuwärmen, und wir entfernten uns Richtung Friedhof, traurig, die Wärme der gastlichen Stätte verlassen zu müssen.

Die frische Luft tat uns allen in verschiedener Weise gut, die Sonne schien, aber wärmte nicht über die Maßen, denn das Waldviertel ist nicht gerade für sein mildes Klima bekannt, die Erde duftete und dampfte vor Feuchtigkeit, während sich alle Beteiligten zu formieren begannen: Der Sarg, bedeckt mit unseren mitgebrachten Kränzen und jenen von Verwandten und Freunden, stand aufgebahrt auf einer Art Lafette im Freien vor der Friedhofshalle. Zu beiden Seiten nahmen die Sargträger als Ehrenwache Aufstellung, alle sechs Revierinspektoren in voller Uniform, dann formierten sich in einiger Entfernung unsere Dienstblöcke sowie die Polizeimusik. Nach meinem Solo-Auftritt als Vertreter des Wiener Polizeipräsidenten, bei dem ich mich vor dem Sarg verneigt und symbolisch einen Kranz übergeben hatte, gesellte ich mich dem Block der Verwaltung zu und harrte der Dinge, die noch kommen sollten.

Als ich mich ein wenig umsah, bemerkte ich, dass schon auf Grund der Winzigkeit des Friedhofs das aufgeschüttete Grab nur etwa dreißig Meter von uns entfernt war, sodass einige Trauergäste sich nur umzuwenden brauchten, um von der Einsegnung ohne einen Schritt zu tun, direkt zum Geschehen am Grab zu wechseln. Mittlerweile waren die Vertreter der Geistlichkeit erschienen, an der Spitze ein Ministrant, der auf einer langen Stange ein Kreuz vor sich hertrug, gefolgt von vier weiteren Ministranten und dem Herrn Pfarrer, der ohne Umschweife sofort unter freiem Himmel mit der Zeremonie der Einsegnung begann. Es folgten die allseits bekannten Gebete, Fürbitten und lobende Rückblicke ins stets arbeitsreiche und sorgenvolle Leben des Verstorbenen, getragen von dem Vertrauen auf ein besseres Dasein im Jenseits, also eigentlich auf ein besseres Dortsein.

Und während ich mir so meine eigenen Gedanken machte über Sinn und Unsinn allen irdischen Bemühens, merkte ich, dass sich der Mesner, jener vielseitig Beschäftigte, immer wieder im Hintergrund zeigte als wollte er zwar stumm, aber doch deutlich auf die Wichtigkeit seiner Person aufmerksam machen.

Alles ging seinen gewohnten Gang, wir waren froh über das schöne Wetter und wagten nicht, uns typisches Waldviertler Herbstwetter vorzustellen, als es zu einer – wie soll ich sagen – einer Unregelmäßigkeit im bisher so geordneten Ablauf kam:
Nach der Einsegnung und Verabschiedung begann der Mesner etwas unsicheren Schrittes zusammen mit den Ministranten, die Kränze vom Sarg abzuräumen und sie seitlich zu deponieren. Der Sarg war zugedeckt mit einem schönen schwarzen goldverzierten Samttuch. Als der Mesner das Tuch zur Seite zog und das lichte Holz des Sarges sichtbar wurde, brach eine mir unerklärliche Unruhe aus. Die Verwandten des Verblichenen begannen miteinander zu tuscheln, die Erregung steigerte sich, bis Gattin, Mutter und Vater zum angeheiterten Mesner vorstürmten, der noch mit dem Tuch in der Hand dastand und sich daran festzuhalten versuchte. Fast hätte ihn der Sturm jener Empörung umgeweht, den die drei Angehörigen entfachten. So sehr ich versuchte, meine Ohren zu spitzen, ich vernahm nur die heftigsten Wortfetzen wie „Skandal“, „ungeheuerlich“, „Verbrechen“, doch konnte ich mir darauf keinen Reim machen. Die drei Empörten zerrten den armen Mesner zum Sarg, stießen den Pfarrer, der mittlerweile zum Statisten degradiert worden war, zur Seite, der Mesner stierte auf den Sarg, dann griff er sich wie in einer plötzlichen Erkenntnis an den Kopf, drehte sich am Absatz um, was ihn fast sein mühsam bewahrtes Gleichgewicht kostete, und rief den verdutzten Ministranten ein paar Worte zu. Mit vereinten Kräften zogen, stießen und zerrten sie zu fünft den Sarg in die Tiefen der Aufbahrungshalle. Stille und Verwunderung machten sich breit. Erste Vermutungen, vor

allem im Block der Kriminalbeamten, wurden hinter vorgehaltener Hand weitergegeben, bis plötzlich, nach ungefähr einer Minute der Verwirrung, in der dunklen Höhle der Halle ein anderer Sarg erschien, schwankend wie eine Fregatte auf hoher See. Die armen Ministranten stemmten ihn gemeinsam mit dem nicht im Vollbesitz seiner Kräfte befindlichen Mesner auf die Lafette und wischten sich den Schweiß, woraufhin die drei Anverwandten unter Kopfschütteln und hörbarem, unwirschen Murmeln auf ihre ursprünglichen Plätze zurükkgingen. Daraufhin trat der bislang verstummte Pfarrer in Aktion: Zunächst debattierte er wild gestikulierend mit seinem Mesner, der ständig bedauernd die Arme in die Luft warf, dann eilte er mit wehender Kutte zu den Verwandten und begann mit ihnen ein lang anhaltendes Palaver.

Um auf dem Laufenden zu sein, wie es sich für Angehörige der Exekutive gehört, schickte ich einen unverfänglichen Kundschafter, den Leiter unserer Musikkapelle, aus. Ich hatte ihm einen unmissverständlichen Wink gegeben, er möge das Lied „Ich hatt' einen Kameraden“ mitten in der Strophe abbrechen, was nicht ganz gelang, da die Musiker bei einer ihnen so geläufigen Melodie nicht mehr auf den Dirigenten schauen. Deshalb „sprach“ sich sein Wink zur Beendigung der Musik nicht gleich herum, was zur Folge hatte, dass – ähnlich wie in Haydns Abschiedssymphonie – die Musiker einer nach dem anderen aufhörten und die Melodie gleichsam in der Waldviertler Luft langsam versickerte.

Mein Kundschafter kam mit der Meldung zurück, der besoffene Mesner habe den Sarg verwechselt, es gäbe heute noch ein Begräbnis, und als man das Sargtuch entfernt habe, hätten die Verwandten den Irrtum bemerkt, weil sie ein teures Holz bezahlt hätten und nicht so ein billiges Furnier. Also hatte der Pfarrer den Falschen eingesegnet, nämlich eine 84jährige Altbäuerin, für die unsere Kapelle einfühlsam „Ich hatt' einen Kameraden“ intoniert hatte und vor der ich als Vertreter des Wiener Polizeipräsidenten salutiert hatte. Was nun?

Jetzt lag zwar sichtlich der richtige Tote vor uns, aber auch der Pfarrer wusste im ersten Moment nicht, wie es weitergehen sollte beziehungsweise an welcher Stelle man den Handlungsfaden wieder aufnehmen müsste. Er entschied sich dann für eine nochmalige Einsegnung im Schnellverfahren, murmelte ein paar formelhafte Gebete, verzichtete auf lobende Worte, die er der alten Frau zuteil werden ließ über unerschrockene Diensterfüllung mit und ohne Waffe, dann stemmten unsere Träger den Sarg hoch und schleppten ihn zum offenen Grab. Aus den Gesichtern der Verwandten war weitgehend die Trauer gewichen, sie hatte einer gehörigen Portion Empörung Platz gemacht, was mir durchaus verständlich erschien.

Trotz seiner peinlichen Panne bezog der schwankende Mesner nach der Einsegnung am offenen Grab die unsichere, aber einträgliche Position auf einem kleinen Erdhügel, von wo er jedem vorbeidefilierenden Trauergast ein Schäuferl mit Erde überreichte und zugleich die offene Hand dazuhielt. Das ging eine Weile recht gut, manchmal, wenn er zu sehr ins Schwanken geriet, musste er sich an einem Trauergast am Ärmel festhalten oder gar halb umarmen, was für Unbeteiligte den Anschein erweckte, als stünden da zwei in unermesslichem Schmerz ineinander verkrallt. Leider aber war die Erde, wie schon erwähnt, ziemlich feucht und matschig, und hielt selbst das Gewicht des keineswegs übergewichtigen Mesners nicht so lange, als es für die Reihe der Trauergäste notwendig gewesen wäre.

Auf einmal war mir, als würde der gute Mann einen Kopf kleiner geworden sein, sichtlich hatte sein Standort nachgegeben, was zur Folge hatte, dass er in seiner Not keine stützende Schulter mehr erreichte und keinen rettenden Ärmel, da sich sein Schwerpunkt unaufhaltsam nach hinten zu verlagern begann, und wie in Zeitlupentempo drehte er sich um seine eigene Achse, griff nach irgendeiner Rettung, erwischte jene Stange des Ministranten mit dem Kreuz und riss diesen samt Stange mit sich in die Tiefen des Grabes, das er selbst geschaufelt hatte.
Der Vorgang war so unwirklich und skurril, als hätte man einer Filmszene beigewohnt. Während einige Teilnehmer zu Rettungsaktionen schritten und versuchten, die beiden zum Glück Unverletzten aus dem nicht für sie bestimmten Grab zu ziehen, stieg für uns Unbeteiligte die Szenerie ins Peinliche. Als ich mich umblickte, standen die

Verwandten, wie es sich gehört, in einer Reihe starr wie die Zinnsoldaten, bereit, die Beileidsbeteuerungen entgegenzunehmen, doch war da niemand, der ihnen kondoliert hätte, weil jeder, wie er nur konnte, sich hinter dem nächsten Grabstein zu verbergen suchte, damit sein Lachen von keinem bemerkt werde. So wirkte der vor einer Minute noch belebte Friedhof nun fast menschenleer, alles suchte nach Schutz und Deckung, flüsterte, grinste oder lachte ganz ungeniert, und wieder mussten die Musiker, unfähig, geordnete Töne hervorzubringen, mitten in ihrem Lied abbrechen, während die Ministranten versuchten, ihren völlig verdreckten Kollegen aus der Grube zu ziehen, was ihnen auch gelang. Beim Mesner war das Unterfangen schon schwieriger. Zum einen wollte er auf das im Grab verstreute Geld nicht verzichten und begann, die rundum und auf dem Sarg liegenden Münzen einzusammeln und in seinen Hosensack zu stecken, zum anderen war sein gestörter Gleichgewichtssinn ein wesentliches Hindernis dafür, wieder an die Erdoberfläche zu gelangen. Um zu verhindern, dass er wohlmeinende Helfer zu sich in den Abgrund reißen könnte, wurde um eine Leiter geschickt, auf der er dann mit Mühe und unter aufmunternden Zurufen zuerst seinen wirren Kopf, dann seine Arme herausstreckte, an denen die Trauergäste voll Anteilnahme zu ziehen begannen, bis er endlich leibhaftig und in seiner ganzen Größe, wenn auch nicht Würde, wieder unter seinem Gemeindevolk stand. Mit erhobener Hand grüßte und dankte er, dreckverschmiert, aber hoheitsvoll – wie weiland der alte Kaiser – seinen Rettern und Befreiern, und so mancher zog, noch im Banne des eben Erlebten, ohne Beileidsbekundung an den noch immer wie erstarrt dastehenden Verwandten unseres guten Pepi vorbei ins Wirtshaus.

Dort angekommen, wurde dieses seltsame Begräbnis natürlich nicht nur ausführlich besprochen, sondern auch der glückliche Umstand gebührend begangen, dass trotz aller Pannen keine weiteren Bewohner der Gemeinde zu Schaden gekommen seien. Auch der Mesner hatte außer einer Schramme am Kopf und möglicherweiset einigen verlorenen Münzen keine weiteren Einbußen zu beklagen. Dennoch war ein hadernder Unterton zu vernehmen, als er mit halbvollem Glas den Tisch des Bürgermeisters besuchte, an dem ich wieder Platz nehmen durfte beziehungsweise musste, und einen denkwürdigen

Ausspruch tat, der mir bis heute im Gedächtnis geblieben ist und der so recht die Relativität alles Irdische beleuchtet: „Eigentlich – wenn man's recht bedenkt -, wärs ja ganz wurscht gwesen, wer in welches Grab kummt!"

Nun, wenn mans recht bedenkt, könnte man daraus auch den nicht unbegründeten Verdacht ableiten, dass in dieser Ortschaft die Bewohner Gräber pflegen, in denen vielleicht gar nicht jene liegen, von denen sie glauben, dass sie dort liegen. Da aber jedes Grab sehr gepflegt gewirkt hat, kommt es sich letzten Endes doch wieder auf dasselbe hinaus. Angesichts des Todes wird eben so manches relativ – von dem sogar Einstein keine Ahnung hatte.

-.-.-.-.-

Tiefflug

Vor langer, langer Zeit, noch in der alten Monarchie, wurde einst ein seltsamer Plan geboren: Man wollte mit einem Kanal Wien mit der Adria verbinden. Dieses utopische Projekt, das auf Grund der topographischen Unebenheiten entlang der Strecke – sprich Berge – viele Schleusen vorsah, wurde unter Kaiser Franz Joseph gestoppt, weil er erkannte, dass dieser Plan eigentlich ein Blödsinn war, und so entstand nicht nur der sogenannte Wiener Neustädter Kanal – eben weil er nur bis dorthin gediehen war – sondern in weiterer Folge auch eine Bahnstrecke. Das ist heute die Schnellbahnlinie, die von Wien-Mitte vorbei an den ehemaligen Veterinärmedizinischen Fakultät, vulgo Tierspital genannt, wo heute die Musikhochschule untergebracht ist, bis ins Burgenland fährt. Deshalb liegt ihre Trasse unterirdisch, ohne dass sie überdeckt worden wäre. Man hat nämlich damals einfach nur das Wasser aus dem Wiener Teilstück des Kanals ausgelassen und Geleise hineingelegt.

Nun ist diese Strecke, wie erwähnt, schon ziemlich bejahrt, hat auch im Krieg einige Schäden erlitten, sodass wegen des vermehrten Verkehrsaufkommens sich die Österreichischen Bundesbahnen entschlossen haben, diesen Streckenabschnitt zu sanieren. Im Zuge der damit verbundenen Bauarbeiten wurden beide Ziegelwände, die in der Rechten und Linken Bahngasse im 3. Bezirk errichtet worden waren, abgetragen und, damit niemand in den Bauschacht und somit auf die Geleise fällt, provisorisch mit starken Holzplanken gesichert.

Vor allem des Nachts wurde dort unten eifrig gearbeitet, denn am Tag gab es einen dichten Zugsverkehr, der eine ständige Störung wie auch Gefahrenquelle bildete. So hoffte die Bauleitung auf ruhigere Arbeitszeiten in der Nacht, eine Hoffnung, die sich ganz logisch aus dem Fahrplan ableiten ließ und die dennoch von einem zufälligen Geschehen durchkreuzt wurde, mit dem keiner rechnen konnte.

Im 3. Bezirk, vor allem in der Umgebung jener Baustelle, befindet sich das sogenannte Botschaftsviertel, das auch eine erkleckliche Anzahl hervorragender Lokale beherbergt. Eines Abends beschloss ein erfolgreicher Unternehmer, einen lukrativen Geschäftsabschluss in einem dieser Lokale zu feiern. Er feierte sehr ausgiebig, und statt nach halb durchzechter Nacht sich ein Taxi zu nehmen, bestieg er ganz beruhigt seinen Wagen. Beruhigt deshalb, weil dieser Wagen ein besonderer war. Es handelte sich um eine spezielle Jeep-Ausführung, an der das – wie man mir erklärte – Wesentliche für jene Kreise, in der jener Herr verkehrte - das vorne angebrachte Känguruhgitter war, auch wenn es in unseren Breiten keine wildlaufenden Känguruhs gibt. Ohne dieses Accessoire wäre der ganze Wagen zu vergessen, trotz aller sonstigen Qualitäten. Im Bewusstsein der Rammkraft seines Fahrzeuges stieg also der illuminierte Geschäftsmann ein, nahm Platz, kurvte aus seiner Parklücke – und die Fahrt war nach dem ersten kräftigen Tritt aufs Gaspedal auch schon wieder zu Ende – oder besser gesagt, sie wechselte über in einen Flug. Denn der gute Mann hatte jene Holzverschalung nicht mehr rechtzeitig erkannt, der mächtige Wagen mit seinem vorne montierten Känguruhgitter durchbrach mühelos die massiven Steher, und das schwere Holz splitterte wie Furnier.

Der Jeep - Qualität erweist sich eben auch in außergewöhnlichen Situationen – segelte durch die Luft und kam wieder auf die Räder zu stehen, allerdings fünf Meter tiefer in jenem Schacht, der ursprünglich der Wiener Neustädter Kanal war, direkt neben einer Abordnung zutiefst geschockter Bauarbeiter. Diese Arbeiter gehen nämlich von Haus aus schon einem nicht ungefährlichen Beruf nach und werden auch dahingehend geschult, dass sie, sollte ein Zug die Warnhinweise der Baustelle überfahren – was gar nicht so selten vorkommt – rechtzeitig wie geölte Blitze zur Seite hechten und sich in Sicherheit bringen. Darauf sind sie trainiert, auf Gefahren von vorne und hinten. Aber in keiner Schulung wurde ihnen etwas gesagt bezüglich Gefahren von oben. Der Bauleiter, selbst schwer mitgenommen, aber zum Glück unverletzt wie alle seine Leute, gab ihnen sofort frei, sie schleppten sich zum nächsten Würstelstand zu einem Käsekrainer und begossen ihre zweite Geburt.

Mittlerweile wurde der bis auf ein paar Schrammen ebenfalls unverletzte Fahrer des Jeeps von der Polizei vom Führersitz gezogen und von der Rettung ins nächste Spital eingeliefert. Alles, was man an Beeinträchtigung feststellen konnte, war ein Alkoholspiegel von über zwei Promille.

Tags darauf suchte mich jener Geschäftsmann auf und bat mich, ihm zu sagen, was eigentlich passiert sei, er vermisse sein Auto und wisse nicht, was vorgefallen sei. Also erzählte ich ihm seinen eigenen Unfall, den ich inzwischen aus dem Protokoll kannte. Der Mann lächelte, weil er von den Schadenersatzansprüchen der ÖBB noch nichts wusste, und sagte ein wenig versonnen: „Hab ich doch Recht gehabt! Wissen Sie, es gibt so manche Besserwisser, die mich wegen meines Känguruhgitters ausgelacht haben."

-.-.-.-.-

Mit List gegen Tücke

Während man noch in den 80er-Jahren der „heiligen Kuh Auto" huldigte und alles tat, um den Fließverkehr zu beschleunigen, angefangen von grünen Wellen bis zur Verbreiterung von Durchzugsstraßen, wandte sich das Blatt zu jener Zeit, als ich Stadthauptmann in Hietzing war. Fortschrittliche Politiker sahen ihr Heil unter anderem darin, den einstmals beschleunigten Autoverkehr nach allen Regeln verkehrstechnischer Unvernunft zu behindern. Dabei beriefen sie sich auf ein bahnbrechendes Werk der einschlägigen Wissenschaft von Knoflacher, der die Städte überhaupt autofrei machen wollte.

Einer seiner Anhänger war ein damaliger einflussreicher Stadtpolitiker, ein sehr fintenreicher Mann. Das musste er auch sein, denn seine Fraktion war nicht von vornherein gewillt, seine manchmal doch sehr ungewöhnlichen Vorstellungen zu teilen. Daher sah er sich jedes Mal gezwungen, seine Absichten und Aktionen sowohl vor dem Wiener Gemeinderat wie auch vor Bürgermeister Zilk zu rechtfertigen.

Dass auch „mein" Bezirk von einer seiner Maßnahmen heimgesucht werden sollte, erfuhr ich – zum Glück – zufällig auf einer Faschingsveranstaltung. Ich befand mich im Kreise einiger Politiker, darunter auch jenes Herren, der – ohne mich zu kennen – eifrig von seinen nächsten Absichten verkehrstechnischer Natur erzählte, und die meisten betraf Hietzing. Ich spitzte die Ohren – und musste mich sehr beherrschen, um mich nicht zu verraten. Zu meinem Erstaunen vernahm ich, er wolle den Verkehr in den Bezirk mit allen Mitteln behindern. Nun ist dieser Bezirk schon durch den Wienfluss „behindert", man kann im Westen nur über ein paar Brücken hinein, und selbst diese Möglichkeiten waren dem fanatischen Stadtrat noch zu viele. Zunächst nahm er sich die Kennedybrücke und den Beginn der Hietzinger Hauptstraße vor, jenen Flaschenhals, der auch ohne jede behindernde Maßnahme tagtäglich ganz von selbst eine Verkehrsbehinderung darstellt, weil dort die meisten Autos, die aus der Stadt kommen, einbiegen.

Seinen Schlachtplan erläuterte er wie folgt: „Ich werde", erklärte er, „beginnend von der Kennedy-Brücke, die Autobusspur durch eine

Sperrlinie absichern und somit den Individualverkehr auf eine einzige Spur einengen. Wie in der Burggasse. Das ist aber erst die erste Phase!“ verkünderte er stolz. Er war überzeugt, dass die meisten Autofahrer die Sperrlinie ignorieren würden, vor allem auch deshalb, weil vor dem Parkhotel ja immer Busse und Taxis zu halten genötigt sind. Dies war aber ein Teil seines hinterlistigen Planes. Denn – so führte er weiter aus – für die Überwachung dieser Sperrlinie sei natürlich die Polizei zuständig. Ich nickte beifällig mit dem Kopf und biss mir auf die Zunge. Und nach einem Jahr – und seine Stimme hob sich in merkbarer Vorfreude – werde er nachfragen, wie viele Autofahrer aus diesem Grunde bestraft worden seien.

„Keine, wird es heißen“, lachte er triumphierend, „und genau das habe ich auch eingeplant. Denn die Polizei wird merken, dass man diese Sperrlinie manchmal einfach überfahren muss, und es wird also deswegen weder eine Anzeige noch eine Strafe geben. Gut so, meine Herren“, fuhr er fort, „denn jetzt ist die Bahn frei. Ich kann im Gemeinderat beweisen, dass die Polizei nicht im Stande ist, diese Sperrlinie, die dem öffentlichen Verkehr dient, zu überwachen, und daher sehe ich mich gezwungen, zu einer baulichen Maßnahme zu greifen, um die Autofahrer in ihre Spur zu zwingen.“

Die bauliche Maßnahme, die er meinte, sollte die Wahnsinnstat einer „Stuttgarter Schwelle“ sein, jene gefährliche Falle für Fußgänger, vor allem ältere Menschen, Mütter mit Kinderwägen, Radfahrer und so fort. Mir graute, aber ich lächelte, insgeheim auch froh darüber, auf derart direkte Weise davon informiert zu werden, was mir in nächster Zeit bevorstand. Die umstehenden Herren äußerten sich bewundernd über den scharfsinnigen Plan. Ich verhielt mich still, denn Widerspruch – das sah ich sofort – wäre sinnlos gewesen. An mir lag es jetzt, seinen Schlachtplan mit einem eigenen zu durchkreuzen, sonst haben wir das reinste Chaos am Beginn der Hietzinger Hauptstraße zu gewärtigen.

Natürlich ließ er, wie angedroht, die Sperrlinie aufmalen. Und ebenso natürlich stellten meine Polizisten fest, dass sie nicht exekutierbar sei. „Niemand aus der Bevölkerung“, argumentierten sie, „wird das einsehen, wenn wir ihn deswegen strafen oder anzeigen. Wo sollen sie denn hin? Sie können sich ja nicht in Luft auflösen!“ Es war ein Gebot der Vernunft, keinen Autofahrer wegen Überfahrens dieser unsinnigen Sperrlinie anzuzeigen. Aber genau damit hatte dieser Politiker gerechnet. Jetzt galt es, mit irgendeiner guten Idee ihm seine Argumentationsmöglichkeiten zu vereiteln. Andererseits aber wollten wir auch keinem Autofahrer unnötig wehtun.

Nach einer intensiven Beratung kamen wir zu folgendem Ergebnis: Wir haben jene Autofahrer, die sich nicht vorschriftsmäßig verhalten haben, angehalten, sie auf ihre Übertretung hingewiesen, sie abgemahnt, wie es das Gesetz vorsieht, wenn der Abzumahnende schuldeinsichtig ist und die Folgen seiner Handlung nur geringfügig sind, und – wir haben alle diese Abmahnungen dokumentiert, also schriftlich festgehalten – mit Angabe des Kennzeichens und dem Grund der Abmahnung.

Nach einem Jahr erfolgte, wie erwartet, im Auftrag des Gemeinderates eine Anfrage von der Magistratsdirektion, wie viele Autofahrer bisher wegen Überfahrens jener Sperrlinie beanstandet worden seien. Natürlich wurde als Auskunft erwartet: keiner. Indes gaben wir zur allgemeinen Verblüffung bekannt: 367. Worauf mich der Magistratsdirektor persönlich anrief und nachfragte, ob das denn stimme, da liege sicherlich ein Irrtum vor, denn er habe es noch nie erlebt, dass die Polizei überhaupt nur einen Finger rührt, wenn der Stadtrat eine Sperrlinie aufmalen lässt.

„Aber selbstverständlich schreiten wir ein“, klärte ich ihn – innerlich lachend – auf, „dazu sind wir ja da. Übrigens, so Sie das möchten, ich kann Ihnen die Liste mit allen Kennzeichen zukommen lassen.“ Er hat darauf dankend verzichtet. Und verzichtet hat auch der Wiener Gemeinderat auf das Anbringen der Stuttgarter Schwelle!

-.-.-.-

Die unsichtbare Leine von Lainz

Der 13. Wiener Gemeindebezirk besteht aus mehreren alten Ortsteilen, wie zum Beispiel Speising, Ober- und Unter-St.-Veit oder auch Lainz, das vor allem durch seinen Tiergarten oder auch sein Altersheim bekannt ist. Beide Komponenten spielen bei der folgenden Lainzer Geschichte eine keineswegs nur periphere Rolle.

Im Jahre 1993 kam eine aufgeregte ältere Dame zu mir, die sich beschwerte, sie sei festgenommen worden, weil sie ihren Hund nicht an der Leine geführt habe. Das war allerdings ungewöhnlich und bedurfte der Aufklärung. Außerdem, so fügte sie empört hinzu, hätten die jungen Burschen bei der Polizei keinerlei Achtung mehr vor dem Alter, sie sei einen rüden Ton einfach nicht gewöhnt.

Mit aller Liebenswürdigkeit, die ich aufbrachte, erklärte ich ihr, dass ein rüder Ton nicht unserem Umgangston mit der Bevölkerung entspräche und sagte ihr zu, ich würde der Sache auf den Grund gehen. Der in den Fall verwickelte Inspektor erzählte mir sodann unter vier Augen, er habe im Zuge seines Rayonsdienstes auf der Lainzer Straße auf einmal einen scheinbar herrenlosen Hund auf der Fahrbahn gesehen. Dies löste seine Amtshandlung aus.

Nun war dieser Hund, immerhin ein Dobermann, keineswegs herrenlos, denn sein Frauerl stand, für den Inspektor noch nicht erkennbar, in ein langes Plauscherl mit einer Bekannten vertieft, auf dem Gehsteig, gewöhnt, dass ihr Hund nicht von ihrer Seite weicht. Jedoch dürfte dieses Gespräch einen für den Hund uninteressanten Verlauf genommen haben, sodass er sich von den beiden in ihr Thema vertieften Damen unbemerkt entfernte und auf Erkundungstour ging. Diese Tour führte ihn dorthin, wo ihn das Auge des wachsamen Inspektors erblickte, nämlich mitten auf die Fahrbahn, die zudem an dieser Stelle eine nicht ungefährliche Krümmung mit einer Geschwindigkeitsbeschränkung aufweist.

„Jetzt muss ich amtshandeln", blitzte es durch das amtliche Gehirn des Beamten. Er ging auf den Hund zu, kontrollierte dessen Hundemarke, was angesichts der Rasse Dobermann und des Umstandes, dass er keinen Beisskorb trug, als mutig zu bezeichnen war. Zudem nahm er noch den willigen Hund am Halsband und zog ihn in Richtung Gehsteig, um sich dort seine weitere Vorgangsweise zu überlegen. Indes, dazu kam es nicht mehr, denn just in jenem Moment, als der Hund vom Beamten „abgeführt“ wurde, erblickte dessen Frauerl die Szene und schrie auf: „Was tun Sie da mit meinem Hund?“

„Was tut Ihr Hund auf der Fahrbahn?“ fragte der Beamte zurück. „Sie haben meinen Hund nicht anzugreifen!“ ereiferte sich die Lainzer Dame. „Gnädige Frau“, versuchte es der Beamte sehr höflich, „Ihr Hund wandert da seelenruhig auf der Fahrbahn daher, hat weder einen Beisskorb noch eine Leine ...“ Weiter kam er nicht, da wurde er von jener Dame mit dem denkwürdigen Satz unterbrochen: „Mein Hund – damit Sie das wissen – hängt an der unsichtbaren Leine des Gehorsams!“

Diese Aussage musste der Beamte erst einmal verdauen, weil ihm so eine Leine in seinem Dasein noch nicht untergekommen war, dann beharrte er auf seiner Beobachtung und verdonnerte die Dame zu einem Organstrafmandat von lächerlichen einhundert Schilling. Damit wäre dem Fall auch juristisch Genüge getan gewesen, hätte sich nicht die aufgebrachte Dame sofort geweigert: „Nein, das zahle ich nicht!“

„Dann muss ich zu einer Anzeige schreiten“, stellte der junge Beamte ihr in Aussicht. Als er ihre Nationale aufnehmen wollte, also ihre Daten, Wohnort, Geburtsdatum und dergleichen, goss er damit unbewusst Öl in ihr kochendes Feuer: „Mein Alter geht Sie, junger Mann, gar nichts an! Merken Sie sich das!“

Selbst seine Beteuerung, er sei persönlich keineswegs an ihrem Alter interessiert, er müsse aber seine Vorschriften befolgen, fruchtete nichts. Es kam zum Äußersten – bei so einer Lappalie. „Dann müssen Sie mit mir mitkommen“, verfügte der Inspektor, und so gingen die drei, Frauerl, Hund und Inspektor auf das Wachzimmer, wo sie sofort seinen Vorgesetzten verlangte und erst ihm ihren Ausweis zeigte. Die

Anzeige war aber schon im Laufen, sie wollte nichts bezahlen, die Situation drohte zu eskalieren, worauf der Beamte entnervt meinte: „Sie können Ihre Argumente alle noch später vorbringen!“

Sie hat sie vorgebracht, aber es hat nichts genützt: Sie wurde in erster Instanz verurteilt, worauf sie sich aus verletztem Stolz einen Rechtsanwalt nahm, mit diesem auch die Berufung verlor und nunmehr – neben den Anwaltskosten – 360 Schilling für ihre unsichtbare Leine zahlen sollte. Sie gab wieder nicht auf, sie schien einem streitbaren Geschlecht anzugehören, das selbst auf verlorenem Posten keineswegs klein beigibt, sie kam zu mir mit der Drohung, so etwas lasse sie sich nicht bieten, sie werde zum Verfassungs- und zum Verwaltungsgerichtshof gehen. Meinem Einwand, dies werde sicher einiges kosten, entgegnete sie nur mit einem abschätzigen Blick, was mich zu dem Schluss veranlasste, dass die Dame zwar nicht unbegütert, aber sichtlich unterbeschäftigt war. Diese Kombination ist ja nicht selten anzutreffen.

Nach einem Jahr – ich hatte den Fall schon vergessen – tauchte sie wieder in meinem Büro auf, knallte mir das Erkenntnis des Verwaltungsgerichtshofes auf den Schreibtisch, dass meine Bleistifte in die Höhe spritzten, und rief wie weiland die Jungfrau von Orleans in heiligem Kampfeseifer: „Herr Hauptmann, oder was immer Sie sein mögen, ich habe den Prozess zwar verloren, was mich 25.000 Schilling gekostet hat, aber das war es mir wert! Und damit Sie es wissen: Mein Hund wird auch in Zukunft weiterhin an der unsichtbaren Leine des Gehorsams gehen!“ Und draußen war sie.

So etwas nennt man – gelinde gesagt – Beharrungsvermögen.

-.-.-.-.-

Der Soletti-Leutnant

Jener bodenständig agierende Wachkommandant im 16. Bezirk war – wie so manch anderer auch – ein leidenschaftlicher Kartenspieler. Es war üblich, dass sich bei einem von ihnen in ruhigeren Zeiten, also vornehmlich des Abends, wenn keine kontrollierenden Offiziere mehr unterwegs waren, Bauernschnapsrunden einfanden, was ein offenes Geheimnis war. Alle Untergebenen wussten, Störungen seien höchst unerwünscht und nur gestattet, wenn der halbe Bezirk in Brand stehe. Natürlich mussten gewisse Voraussetzungen für derartige Kartenrunden gegeben sein, also keine Einsätze, keine beunruhigenden Meldungen, und außerdem legten die Kommandanten Wert darauf, dass an diesem Abend eine gute Mannschaft Dienst hatte, auf die sie sich verlassen konnten. Erst dann gönnten sie sich den Luxus des Bauernschnapsens. Verantwortungsgefühl war also die Grundlage des Kartenspiels.

Unruhe in dieses (fast schon) Gewohnheitsrecht brachte die Ausmusterung eines „Frischlings", eines Leutnants, der – dekoriert mit Auszeichnungen – von der Offiziersakademie in Mödling tatenhungrig seinen Dienst antrat. Zunächst gelang es ihm, die relative Ruhe jener Kartenrunden empfindlich aus dem Gleichgewicht zu bringen. Hatten der Oberst und auch der Major diese Spielabende bisher stillschweigend geduldet, so nahm sich der frischgebackene Leutnant in seinem jugendlichen Eifer und Ehrgeiz nun vor, des Abends und in der Nacht eigenmächtig die einzelnen Wachzimmer zu kontrollieren – auf Vollständigkeit der Ausrüstung, Zustand der Mannschaft, Verwahrung der Waffen und dergleichen. Natürlich unangemeldet, was für die Teilnehmer der Kartenrunden ein hohes Risiko bedeutete. In Windeseile hatte sich der Leutnant damit äußerst unbeliebt gemacht, aber fast ebenso schnell wurde gegen diesen „Feind" in den eigenen Reihen ein wirksames Alarmsystem aufgebaut: Man wusste, dass er vor seiner Kontrolltour immer ins Präsidium fährt, sich dort in seinem Zimmer die Uniform anzieht und dann auf Erfolgsjagd geht. Nun konnte man natürlich nicht über Funk alle Wachzimmer warnen mit den eindeutigen Worten: „"Achtung, Offiziers-Kontrolle!", weil ja auch das Präsidium und andere Vorgesetzte mitgehört haben, also entschloss man sich zu einem Code mit dem Stichwort „Soletti". Wenn im Äther nunmehr eigenartigerweise und ohne ersichtlichen Zusammenhang das Wort „Soletti" auftauchte, wussten alle Eingeweihten, dass eine Kontrolle dieses Leutnants bevorstand. Die Wachzimmer waren alle vorbereitet und auf Hochglanz getrimmt, die Kommandanten eilten von ihren Kartenrunden zurück in ihren Rayon, und das hat so gut funktioniert, dass sich der Leutnant zuerst gewundert, später gegiftet hat, dass er sich trotz seines selbstlosen Freizeiteinsatzes keinerlei Sporen verdienen konnte. Er fand nichts, er konnte nichts beanstanden, er kam auf keine Missstände drauf, er fühlte sich mehr oder minder überflüssig.

War die Kontrolle vorbei, kam die unverfängliche Funkentwarnung: „Funkstelle. Keine besonderen Aktivitäten!" Daraufhin eilten die Wachkommandanten zu ihren Spieltischen zurück und lachten sich ins Fäustchen.

Dieses System funktionierte eine Zeitlang sehr gut, bis zu jenem Moment, da der gewissenhafte Leutnant seine Uniform zur Reinigung mit nach Hause nahm. Natürlich startete er, nach erfolgter Reinigung, von zu Hause seine nächtliche Kontrolltour – und es gab keine Warnung per Funk. Ahnungslos saßen die Kommandanten am Spieltisch, als die Tür aufging, und sich dem fassungslosen Leutnant endlich ein Bild bot, in das einzugreifen das Gebot der ersehnten Stunde war: Genüsslich ließ der Junge die altgedienten Kollegen der Reihe nach antreten, aufsalutieren, erteilte ihnen scharfzüngige Ermahnungen und verließ mit stolzgeschwellter Brust die Stätte seines nächtlichen Triumphes. Das hatte Folgen, aber andere, als dem Leutnant wohl vorgeschwebt sein mögen:

Als der Oberst von den Untaten seiner kartenspielenden Untergebenen offiziell erfuhr und gezwungen war einzuschreiten, wohnten zwei Seelen in seiner Brust. Einerseits war jegliches Spiel im Dienst verboten, andererseits hatte er loyale Untergebene und insgesamt eine gute Mannschaft, die ihren Mann stellten, wenn sie gebraucht wurden und äußerst erfolgreich Parksünder und Verbrecher jagten. Ihm war klar, dass er seine Leute bei Laune halten musste, um eine gute Polizeiarbeit gewährleisten zu können. Außerdem erinnerte er sich an seine Polizeijugend. Na ja, da hatte er ja auch, wenn wenig los war, einige lässliche Sünden begangen. Das verschwieg er jedoch gegenüber seinem überkorrekten Leutnant. Diesem erklärte er offiziell kurz und korrekt Folgendes: „Danke für Ihren Einsatz. Wegen der Wichtigkeit werde ich die Sache selbst in die Hand nehmen".

Er ließ seine Unteroffiziere zusammenrufen, erklärte ihnen streng, dass jegliches Kartenspiel in den Wachzimmern streng verboten sei und in Zukunft im Betretungsfall rigoros disziplinarrechtlich geahndet wird. Nach einer Pause sagte er dann eher beiläufig, dass im Haus des Wachzimmers H., sich eine leerstehende Wohnung befinde und die Schlüsseln dazu vom Notar, da die Wohnungsinhaberin verstorben ist, im Polizeikommissariat deponiert wurden. Gleichzeitig übergab er die Wohnungsschlüsseln dem Wachkommandanten des Wachzimmers H, mit dem Auftrag, sich fallweise um die Wohnung zu kümmern, damit nicht eingebrochen werde. Die Wachkommandanten zogen ab und fortan wurde das Polizeikartenspiel in diese unbewohnte Wohnung verlegt. Man konnte so sein Gewissen beruhigen, weil im Wachzimmer ja wirklich nicht mehr Karten gespielt wurde. Bei einer Offizierskontrolle hieß es dann, der Wachkommandant sei gerade im Außendienst und im Funk wurde schnell „Soletti" durchgegeben. Kurze Zeit später trafen der oder die Wachkommandanten vom „Außendienst" im Wachzimmer ein und begrüßten korrekt den Offizier.

Als kein Kommandant mehr beim Bauernschnapsen erwischt wurde, hat sich der arme Leutnant, da er kein richtiges Betätigungsfeld für seinen ungestümen Erfolgsdrang gefunden hat, bald frustriert zu einer Sondereinheit versetzen lassen. Heutzutage haben es die Spieler schwerer. Spielt wer im Wachzimmer am Polizeicomputer, kann leider in der Zentrale nachverfolgt werden, wer wie lange welchem Computerspiel gefrönt hat.

-.-.-.-.-

Lizitation nach unten

In den Achtzigerjahren saß in einem Gremium der Wiener Handelskammer ein typischer Vertreter jener Klasse, die man „neureich" nennt. Er hatte sich aus großer Armut zum Chef eines Unternehmens mit 3.000 Beschäftigten hinaufgearbeitet. Natürlich war er auf seine Leistung und seinen Aufstieg sehr stolz und zeigte dies auch bei jeder passenden und unpassenden Gelegenheit.

So fuhr er zum Beispiel einen sehr teuren und geradezu exclusiv seltenen Wagen, einen De- Tommaso, mit dem er jedes Mal stolzgeschwellt als maßgebliches Mitglied der Handelskammer in den Innenhof des Sitzungsgebäudes einfahren durfte. Dort parkte ein Protzschlitten neben dem andern. Aber damit allein konnte er einfach noch nicht zufrieden sein. Natürlich musste er seinen Hauptkonkurrenten, der zufällig bei einer Sitzung neben ihm saß, noch einen süffisanten Hinweis geben: „Schau amal beim Fenster runter, dann wirst endlich a g'scheites Auto sehen!"

Der so Angesprochene schaute beim Fenster hinunter, erblickte das „g'scheite Auto" und kam sich im selben Moment wie der Blöde vor. Blass vor Neid spielte er seinen letzten Trumpf aus, den er mit einem kurzen Blick zu seiner Befriedigung noch ausmachen konnte und stieß zwischen den Zähnen hervor: „Okay, du hast ja ganz a schens

Auto, aber die Nummer is a Kas. Schau' dir amal meine an!" Und jetzt war es am De-Tommaso-Fahrer zu erblassen, denn er konnte lediglich eine sechsstellige Allerweltsnummer vorweisen, während sein Konkurrent über ein fünfstelliges Kennzeichen verfügte.

In dieser seiner Notlage kam er zu mir mit dem heftig und stichhaltig vorgetragenen Verlangen, er brauche unbedingt eine vierstellige Nummer, um seinem Tischnachbarn im Gremium eins auszuwischen. Das war natürlich ein wesentliches Argument, zumindest für ihn, aber ich musste ihn vertrösten, ich säße nicht im Verkehrsamt und hätte keine Nummern zu vergeben. Was aber ein erfolgreicher Self-made-man ist, gibt nicht so leicht auf. Er quälte mich so lange, bis ich ihn an einen Kollegen verwies, der sozusagen an der Quelle saß, mit dem Hinweis, möglicherweise habe man dort ein Einsehen mit ihm.

Man hatte. Aber unter einer Bedingung: Er müsse dem „Verein der Freunde der Wiener Polizei" nicht nur beitreten, sondern auch eine achtenswerte Spende überweisen. Dass schon der Mitgliedsbeitrag keineswegs gering war, erfuhr er erst später. In der nächsten Sitzung der Handelskammer hielt es ihn kaum auf seinem Stuhl. Sofort nach deren Ende zerrte er seinen Sitznachbarn zum Fenster. Dieser aber blieb ganz ruhig, gleichsam siegesgewiss, hatte er sich doch just zu diesem Zweck des Kräftemessens auf motorischem Gebiet mittlerweile die nicht geringe Ausgabe eines Mercedes 500 geleistet und konnte demnach beruhigt den gemeinsamen Blicken aus dem Fenster entgegensehen. Dachte er: Er hatte jetzt zwar den neueren Wagen, aber an der Karosse seines Konkurrenten prangte nun sogar eine vierstellige Nummer.

Wutentbrannt eilte er, anscheinend mit denselben Informationen versehen, wie ich sie meinem Freund gegeben hatte, ebenfalls ins Verkehrsamt, bedrängte den dort zuständigen Beamten, der sogleich wieder eine gute Chance erblickte, die Finanzen jenes „Vereines der Freunde der Wiener Polizei" aufzubessern, und erhielt unter denselben Bedingungen wie sein Vorgänger nun ebenfalls eine vierstellige Nummer. Jetzt stand es remis zwischen den beiden, sodass sich keiner von ihnen wirklich freuen konnte. Gefreut hat sich lediglich jener

Verein über den unerwarteten Zuwachs an Mitgliedern, denn aus deren Spenden und Beiträgen fließen jene Beträge, die Privatpersonen erhalten, wenn sie der Polizei in besonderem Maße geholfen haben.

Um dieser Patt-Stellung ein Ende zu bereiten, kam eines Tages der De-Tommaso-Fahrer wieder zu mir mit der noch anmaßenderen Forderung, er brauche unbedingt eine dreistellige Nummer, koste es, was es wolle! Ich konnte ihm nichts anderes raten als bei seinem vorigen Besuch, und nun begann ein kurioser Weg für ihn, wobei er nicht nur keine Kosten, sondern auch keine Mühen scheute – und auch nicht scheuen durfte:

Um sein Ziel zu erreichen, bedurfte es einer schwierigen rechtlichen Konstellation. Er wurde belehrt, dass sich sein Wunsch nur dann erfüllen könne, wenn er jemanden bringe, der über einen Wagen mit einer dreistelligen Nummer verfügt und er zudem den Besitzer in seine Firma hineinnehme. Binnen kürzester Zeit forschte der von seiner Nummernjagd Besessene wirklich jemanden aus, der einen uralten VW fuhr mit einem dreistelligen Kennzeichen, der noch aus den Fünfzigerjahren stammte. Aber der Preis war hoch: Dieser VW-Fahrer war Inhaber eines konkursreifen Unternehmens! Um nun an seine Nummer zu kommen, machte ihm unser „Held“ folgenden Vorschlag: Er wolle seine ganze Firma übernehmen, wobei vor allem jener alte Volkswagen miteinzubringen sei, außerdem verpflichte er sich, alle Gläubiger des überschuldeten Unternehmens zu befriedigen, was immerhin einen Betrag von mehr als 800.000 Schilling ausmachte, sodass samt Rechtsanwalts- und Eintragungskosten ihn der Erwerb dieser dreistelligen Kennzeichentafel an einem Uralt-VW mehr als eine Million kostete!

Von Menschen solcher Mentalität leben Rechtsanwälte besonders gut. Der VW wurde also in seine Firma eingebracht, abgemeldet, das Kennzeichen für das nächste Firmenfahrzeug reserviert und das war natürlich jener ominöse De-Tommaso, der ebenfalls abgemeldet, vom Privat- ins Firmeneigentum übertragen wurde und nun endlich mit der dreistelligen Nummer in neuem Glanz erstrahlen konnte.

Natürlich kam es wieder zu einer – diesmal schon heiß ersehnten Sitzung des Gremiums der Wiener Handelskammer und zu dem uns schon bekannten Satz: „Geh, schau amal beim Fenster runter!“ Die Reaktion des Konkurrenten war derart, dass sie durchaus das Mitleid sensibler Naturen hätte hervorrufen können. Er war schlicht und einfach am Boden zerstört. Es mag seltsam anmuten oder auch bezeichnend, dass in der Folgezeit der dreistellige Nummernbesitzer seinen Konkurrenten auch beruflich an die Wand gespielt hat.

Was diesem Unternehmer zu Lande so souverän geglückt ist, verlief zu Wasser ein wenig anders: Selbstverständlich besaß er auch ein respektables Motorboot, mit dem er die Donau befuhr, was ihm aber nicht lange Freude bereitete, da er immer wieder von anderen Motorbooten überholt wurde. Das giftete ihn. Also kaufte er sich ein besonders schnelles Boot mit geringem Tiefgang, ein Rennboot, und ab jetzt hat er alle anderen überholt und ihnen mit seinem Admiralskapperl zugewunken, bis eines schönen oder auch weniger schönen Tages sein Tempo sich als großes Handicap erwies: Er konnte einem kleinen Baumstamm, der im Wasser trieb, nicht mehr rechtzeitig ausweichen, das Rennboot hat sich aufgestellt, wurde in die Luft katapultiert und war nach dieser Kollision irreparabel kaputt. Der Besitzer hat sich schwimmend ans Ufer gerettet und wie viele Konkurrenten ihm dabei zumindest geistig zugewunken haben, ist leider nicht verbürgt.

-.-.-.-.-

Ein Maler malt (nicht nur)

Mitte der Siebzigerjahre wurde ich von Floridsdorf ins Kommissariat Innere Stadt versetzt. Eines Tages kam der eben zu einiger Berühmtheit gelangte Maler Friedensreich Hundertwasser zu mir, bloßfüßig, wie es seine naturverbundene Art war, und mit seinem Manager, der beschuht war. Hundertwassers Bekanntheitsgrad hatte in den letzten Wochen in der breiten Öffentlichkeit noch eine Steigerung dadurch erfahren, dass er vor Frau Vizebürgermeisterin Fröhlich-Sandner öffentlich seine Hosen heruntergelassen hatte. Solche Aktionen finden immer ein gewaltiges Echo und steigern auch den Marktwert der anderen künstlerischen Schöpfungen. Allerdings war die Anzahl seiner „Schöpfungen" in letzter Zeit geschrumpft. Wie er mir aufgeregt erzählte, habe er festgestellt, dass er seit einigen Tagen in seinem Atelier, das sich in einer Seitengasse des Grabens befand, 24 Bilder vermisse, alles natürlich Unikate, und nun wolle er Anzeige erstatten. Leider besaß er von den vermissten Gemälden keine Fotos, sodass ich auf seine Beschreibungen angewiesen war.

Dabei stieß ich schon auf unüberwindliche Hürden. Auf meine Frage, was zum Beispiel das Bild „Green Power" darstelle, antwortete er ungehalten: „Na, das werden Sie sich doch vorstellen können! Die Stadt wird überwuchert von Grün!" Ich nickte, konnte mir aber nichts darunter vorstellen als höchstens die grüne Farbe. So kam ich also nicht weiter. Auch Hundertwasser schien das einzusehen. Friedensreich Hundertwasser verließ bald mein Büro, jedoch sein Manager blieb noch.

„Die Sache ist nicht ganz einfach", begann er mir zu erklären. „Der Meister hat jeden Monat eine andere Freundin, die Miss Jänner, die Miss Februar, wie im Pirelli-Kalender, und ich vermute, dass eine von ihnen beim Ausziehen – ich meine, bei ihrem Auszug – aus Rache die Bilder mitgenommen hat. Ich bat den Manager, Hundertwasser nochmals zu mir zu bringen, um die jeweiligen Identitäten der in Frage kommenden Damen zu klären. Der Manager kannte die Damen und wusste, wo man sie erreichen konnte.

Drei Monate später rief mich auf einmal der Manager an und teilte mir mit, eines der gesuchten Bilder, und zwar just die „Green Power", sei in einer Galerie in Rom aufgetaucht. Er eilte zu mir und rief mir gleich beim Eintritt zu: „Miss March ist die Täterin". Er werde aber zur Sicherheit noch der Frage nachgehen, wer der Einbringer in jene Galerie sei.

Zwei Tage später wusste er auch den Namen und ihren Wohnort, eine Adresse in Venedig. Er schlug mir vor, die Interpol einzuschalten, was zwar prinzipiell richtig und möglich gewesen wäre, nur stellt Italien auch auf diesem Gebiet einen Sonderfall dar: So gut Interpol europaweit funktioniert, so sehr braucht man bei den Italienern Geduld. Man ersucht um eine Hilfe und bekommt sie auch – nach einem halben Jahr.

Dies bedenkend, hat mich nun der Teufel geritten, und ich dachte mir, was kann schon passieren, ich gehe den direkten Weg. Ich besorgte mir ein italienisches Telefonbuch, suchte die Nummer heraus und rief jene Dame in Venedig einfach über die Amtsleitung an. Ich sagte ihr den Diebstahl einfach auf den Kopf zu. Sie brach in Tränen aus und war ganz verzweifelt. Was solle sie nur machen, um die Angelegenheit aus der Welt zu schaffen! Als ich meinte, ich müsse nun die Interpol einschalten, brach sie gänzlich zusammen und flehte mich an, ihr zu helfen. Sie würde nämlich in zwei Monaten einen italienischen Grafen heiraten, und wenn der Diebstahl, den sie damals begangen habe, auffliege, würde die Hochzeit platzen und ihre Zukunft sei zerstört. „Gut", zeigte ich mich hilfsbereit, „wenn Sie sofort alle Bilder einer Spedition übergeben und nach Österreich schicken, dann können wir vielleicht etwas machen!" „Ja, ja, selbstverständlich, sofort!", hauchte sie erleichtert in den Hörer, in der wieder aufkeimenden Hoffnung, als zumindest unerkannte Diebin doch noch in die ersten Ränge der italienischen Gesellschaft aufsteigen zu können.

Fünf Tage später traf wirklich eine italienische Spedition am Deutschmeisterplatz ein und schleppte mir 24 Bilder in mein ohnehin nicht sehr geräumiges Zimmer. Hundertwasser eilte mit seinem Manager herbei und war überglücklich, besonders darüber, seine „Grüne Kraft" wiedererlangt zu haben. Allerdings kam es – Weltmann, der er sein konnte – zu keinerlei Folgen für Miss March, denn im Strafgesetzbuch gibt es einen Passus, wonach Ehegatten wie auch Lebensgefährten privilegiert sind. Hundertwasser bezeichnete die karrierebewusste Dame als seine Lebensgefährtin und sprach generös den Satz: „Ich erteile nicht die Ermächtigung zur Strafverfolgung."

Als wir drei zufrieden zwischen seinen 24 Bildern herumstapften, befiel ihn eine weitere Anwandlung von Selbstlosigkeit, und er forderte mich auf, ich solle mir eines seiner Werke aussuchen und es behalten. Ich wehrte ab mit der Begründung, dazu bedürfe es einer amtlichen Bewilligung, die ich niemals bekommen würde. Denn das wäre eine Geschenkannahme in Amtssachen! Hundertwasser hat das überhaupt nicht verstanden, er sah das als einen rein menschlichen Akt. Zu solchen hatte er ja ein besonderes Naheverhältnis, was er alsogleich wieder unter Beweis stellen wollte. Als er nämlich ankündigte, er wolle den Polizeipräsidenten selber fragen, und wenn er nicht einverstanden sei, „dann", so drohte er, „laß i halt a vor ihm meine Hosen runter. Da wird er dann Augen machen!" fügte er mehrdeutig hinzu. Ich habe ihm aber dann einen anderen Vorschlag gemacht, um ihn von provokativen Aktionen gegen unser hochverehrtes Polizeipräsidium abzuhalten: „Maestro Hundertwasser, Sie haben jetzt Einblick in unsere gute Polizeiarbeit bekommen, wenn Sie sich dafür bedanken wollen, so lassen Sie mich bei ihrem hervorragenden künstlerischen Schaffen über Ihre Schultern blicken. Nachdem er einen kurzen Blick mit seinem Manager getauscht hatte, stimmte er meinem Ansinnen zu und ich wurde für die kommende Woche in sein Atelier eingeladen. Auf diese Einladungen erfolgten mehrere und nach einiger Zeit freute er sich über meine regelmäßigen Besuche, woraus sich eine lose Freundschaft zwischen uns entwickelte. So erhielt ich Einblick in seine Kunst, seine Bilder und welche Mentalität dahintersteckte. Er war ein naturverbundener, gar nicht kompliziert denkender Mensch, ein genialer Maler und auch dann Architekt und freute sich über Kleinigkeiten, zum Beispiel über eine Steige Wachauer Marillen, die ich ihm einmal brachte und die er mit mir aufaß, während er ein Bild malte und ich zusah. Soll man es als einen Fehler bezeichnen, dass er keinerlei Beziehung zu Geld hatte, was wäre aus ihm geworden, wenn er keinen Manager gehabt hätte?

Als ich dann schon Stadthauptmann im dritten Bezirk war und unser Kommissariat renoviert werden sollte, fragte ich natürlich Meister Hundertwasser, welchen Farbton wir für die Fassade des Polizeigebäudes auswählen sollten. Er dachte kurz nach, fing zu lachen an und machte mir folgenden genial-künstlerischen Hundertwasser-Vorschlag: „Die Polizei hat grüne Uniformen, daher müsse das Gebäude in Grün gehalten werden, aber“, betonte er, „nicht angemalt, sondern bemoost“. Mir blieb der Mund offen. Ich konnte nach einigen Schreksekunden nur noch stammeln, wie denn das geschehen solle, worauf er mit einer wegwerfenden Handbewegung mir erklärte, das ist leicht möglich, wir bemoosen den Gehsteig vor dem Kommissariat mit Sternmoos, die Fassade mit immergrünem Waldmoos, das Dach kleiden wir mit Farnen aus. Ich bedankte mich, mir war aber klar, dass dies zu avantgardistisch und kostenaufwendig sein würde. Mir kamen weiters grobe Bedenken, wie ein bemooster Gehsteig erhalten werden soll, über den jeden Tag Tausende von Leuten gingen und musste nicht eine bemooste Fassade immer feucht gehalten werden? Einige Tage später unterbreitete ich den Vorschlag Hundertwassers dem Baudirektor unserer Bundesgebäudeverwaltung. Dieser brach in lautes Gelächter aus und erklärte mir nur: „Ihr brauchts über die Farbe gar nicht nachdenken, ihr bekommts ein Ockergelb, da uns genügend dieser Farbe bei der Renovierung des Kommissariates Brigittenau übrig geblieben ist. Auf diese Weise wurde eine geniale Idee des Meisters Hundertwasser weggefegt. Die wenn auch aufwendige Durchführung der Greenpower-Mooskonzeption des genialen Künstlers hätte vielleicht bewirkt, dass Wien um eine Fremdenverkehrsattraktion reicher geworden wäre. Ich male mir heute noch aus, dass ein japanisches Reisebüro etwa angeboten hätte, drei Tage Wien mit Besichtigung des Stephansdomes, des Riesenrades, des Schlosses Schönbrunn, Besuch der Staatsoper und des bemoosten Kommissariates. Leider ist es dazu nie gekommen.

-.-.-.-.-

Die Woche der 2. Spur

Unumstrittener Herrscher in einem Wachzimmer ist der Wachkommandant. Dieser hat schon einiges Silber und Gold am Kragen seiner Uniform. Er ist in den überwiegenden Fällen ein erfahrener abgeklärter Sicherheitswachebeamter, weil er schon mehrere Jahre im Bezirk den Dienst mit allen seinen Höhen und Tiefen kennengelernt hat. Im täglichen Kampf mit Verbrechern und Verkehrssündern hat er gelernt, mit Menschen richtig umzugehen. Er kennt auch seine Mitarbeiter genau und weiß, was er von ihnen erwarten kann. Nun ist es so, dass der Wachkommandant in seinem Wachzimmerrayon bestimmte Aufgaben erfüllen muss und manche Sachen ins rechte Lot bringen will, zB Autofahrer, die ihre Prestigekarosse so zu lenken belieben als würde die Straße ganz alleine ihnen gehören und die Straßenverkehrsordnung nur für die „anderen" gelten. Um diesen beizubringen, dass man halbwegs so fahren sollte wie man es bei der Führerscheinprüfung gelernt hat, schickt der Wachkommandant seine Mitarbeiter auf die Straße, früher zu Fuß, heute meist mit einem Funkstreifenwagen. Dort angelangt, soll ihre Tätigkeit für den Staat so lukrativ als möglich sein. Das ist gerade in Zeiten eines ausgeglichenen Staatshaltes, sprich „Nulldefizit", von eminenter Wichtigkeit. Also heißt es Strafgelder kassieren!

Wen wundert es, dass die einzelnen Wachzimmer, wegen der Höhe der kassierten Gelder, miteinander in Konkurrenz liegen. Man spricht abgeleitet aus der Radrennfahrersprache von einem Wachkommandanten, der das gelbe oder rosa Trikot hat, von Nachzüglern und Schlusslichtern. Um das gelbe Trikot zu behalten, ist es notwendig, dass ein Wachkommandant gescheite, listige, fleißige und motivierte Mitarbeiter hat.

Einer der Wachkommandanten in Ottakring musste eines Tages befürchten, seinen Strafeinhebungsspitzenplatz, sprich „gelbes Leiberl", zu verlieren. Seine Mannschaft bestand zuerst aus hochqualifizierten Mitarbeitern, welche die einschlägigen Gesetze beherrschten und als Racheengeln strafend unter den schwarzen Schafen der Autofahrer wüteten. Diese Erzengeln waren durch Versetzungen in höhere Positionen, Pensionierungen, Karenzierungen etc. abhanden gekommen.

Stattdessen bekam er von den anderen Wachkommandanten Polizisten, deren Gesetzeskenntnis und Motivation eher einem unteren Level entsprachen.

Unser Wachkommandant sah sich eines Tages umgeben von einer "Raupensammlung", womit nicht gesagt sein will, dass sich manche dieser "Raupen" durch eine umsichtige Führung in bunte schöne Schmetterlinge verwandeln würden. Und genau dies hatte unser Wachkommandant auch vor, um sein gelbes Trikot zu behalten. Seine Strategie und seine Anstrengungen in diese Richtung blieben uns eine Zeit lang verborgen, weil er sie geheimhielt und auch wusste warum: Sie standen in einem eklatanten Widerspruch zu jeder anerkannten Polizeiausbildung und Führung.

Zu Beginn der Woche nahm er sich seine Beamten her und redete ihnen zuerst beruhigend zu. Etwa mit den Worten "Franz, Kurti, Karl und Ferdl, ihr müsst's euch für die Straßn net ollas auf anmol merkn. Gelt? Heit habn ma Montag". Die Beamten nickten, sie konnten folgen. Der Kommandant fuhr zufrieden fort: "Also, für diese Wochn brauchts euch nur merken: Abbiegen nach rechts aus der zweiten Spur ist verboten! Verstehts des? Und auf dös schauts die ganze Wochn! Nix anderes. Wenn euch aner blöd anhupt oder die Sperrlinie überfahrn tuat oder sich sonst wie ein Verkehrsgangster benimmt, dann tuats ihr nix, absolut nix, tuats euch net überfordern, dös vergessts einfach, ihr schauts auf die zweite Spur, und dös bestraf' ma, verstanden?" Listigerweise wurde eine Kreuzung ausgesucht, wo man schon lange keinen Polizisten gesehen hatte.

Die so Angesprochenen und derart wirkungsvoll Motivierten nickten erleichtert. Die Erleichterung stieg noch um ein paar Grad höher, als sie erfuhren, dass für die "Woche der zweiten Spur" bereits ein Text vorgedruckt sei. "Do brauchts nur mehr die Uhrzeit und das Kennzeichen eintragn" wies sie ihr Chef an. "Also, Nummer und wann, jo?" "Ja" anworteten die Beamten freudig. Und alle waren zufrieden: Die Mitarbeiter, weil sie alle geistigen Klippen würden umschiffen können und doch ihren Beitrag zur Aufrechterhaltung von Recht und Ordnung - wenn auch in eingeschränktem, dafür in hochspezialisiertem Maße - würden leisten können, der Wachkommandant, weil er sich die Loyalität seiner Mitarbeiter gesichert hatte.

In dieser Woche war mancher Autofahrer oder Autofahrerin erstaunt, an besagter Kreuzung eine saftige Strafe zu bekommen. Jahrelang hatte man dort keinen Polizisten gesehen und ungeniert aus der zweiten Spur nach rechts abbiegen können, um sich einer Kolonne vorzuschlängeln. Als die Autofahrer und die Autofahrerinnen im Verlaufe der Woche die Straforgien bemerkten, änderten sie ihr Fahrverhalten, aber auch der Wachkommandant seine Taktik: Er kreierte die „Woche der Sperrlinie“ an einer ganz anderen Kreuzung, die ebenfalls schon lange keinen Polizisten gesehen hatte. Er rief wieder seine Mannschaft zusammen

Die Autofahrer konnten sich so ziemlich alles zu Schulden kommen lassen, mit einer einzigen Ausnahme: Sie durften sich nicht erwischen lassen, im Bezirk eine Sperrlinie zu überfahren. In dieser Woche wurden die Sperrlinien von der Polizei besser gehütet als die heiligen Kühe in ganz Indien.

Dies ging nun eine Zeit lang so weiter. Nach der "Woche der Sperrlinie" kam die "Woche der Gelbsucht". Dies bedeutete, dass in dieser Woche soweit es ging alle Kreuzungen mit Ampeln besetzt wurden und die Autofahrer, die noch bei Gelb einfuhren, angezeigt wurden, nicht jedoch jene, die bei Rotlicht einfuhren. Danach folgte die "Woche der Richtungspfeile". Wehe dem Autofahrer, der in dieser Woche nicht nach links abbog, wenn entsprechende Richtungspfeile auf der Fahrbahn waren. Ob er dies mit den gebotenen 50 km/H, mit 80 km/H oder gar noch darüber fuhr, war belanglos.

Vielleicht hat sogar der eine oder andere betrunkene oder führerscheinlose Autofahrer davon profitiert, denn eines war bei diesen Aktionen oberstes Gebot: Ja nicht die Autofahrer anhalten, sondern nur Kennzeichen, Ort und Uhrzeit notieren. Vielleicht hat unser Wachkommandant dies in einer geradezu genialen weisen Voraussicht so bestimmt. Bei einer Anhaltung kommt es immer wieder zu fruchtlosen Debatten.

Diese Debatten nämlich verhärten nur die Standpunkte und spielen sich in der Regel nach folgendem Schema ab:

Polizist zum Autofahrer: "Sie haben die Sperrlinie überfahren!"
Autofahrer zum Polizisten: "Die Sperrlinie sieht man kaum mehr!"
Polizist zum Autofahrer: "Sie sollten Ihre Sehschärfe untersuchen lassen!"
Autofahrer zum Polizisten: "Außerdem ist diese Sperrlinie hier unnötig und behindert nur den Verkehr!"
Polizist zum Autofahrer:" Ich habe die Sperrlinie nicht verordnet und hier angebracht, ich muss sie nur überwachen."
Autofahrer zum Polizisten: "Aber wenn Sie darüber nachdenken, überwachen Sie hier etwas Unsinniges und Unnötiges."
Polizist zum Autofahrer: "Wollen Sie ein Organmandat bezahlen?"
Autofahrer zum Polizisten: "Nein!!! Diese Sperrlinie ist ärger als der "Gessler-Hut", aber Sie wissen ja nicht was ich damit meine, da Sie Schiller nicht gelesen haben."
Polizist zum Autofahrer: "Ich muss Sie anzeigen, zeigen Sie mir Ihren Zulassungsschein und Führerschein."
Autofahrer zum Polizisten: "Geben Sie mir zuerst Ihre Visitenkarte mit Ihrer Dienstnummer, ich werde mich über Sie beschweren, und zwar bei Ihrem Dienstvorgesetzten, beim Polizeipräsidenten, beim Innenminister, bei der Volksanwaltschaft und beim Bundespräsidenten, Sie werden Arbeit genug bekommen. Sie sollten lieber Verbrecher fangen als anständige Staatsbürger und Steuerzahler wegen einer Lapalie anzuzeigen."

Diese Debatten führen also meistens nur dazu, dass jene Zeit verschwendet wird, wo bereits ein anderer Autofahrer angezeigt werden kann. Außerdem entstehen dadurch verheerende tiefenpsychologische Wirkungen. Der Autofahrer ist tief in seiner Ehre getroffen, weil er als erfolgreicher Mensch im Berufsleben sich von einem einfachen Polizisten belehren lassen soll, wobei er der tiefinnigen Überzeugung ist, der beste Autofahrer zu sein, welcher die Straßenverkehrsordnung gemäß seinen von ihm selbst aufgestellten Vernunftsregeln, welche sein Evangelium sind, adaptiert hat und daran nicht gerüttelt sehen will. Der Polizist wiederum ist ebenfalls tief in seiner Ehre getroffen, weil man ihn als Hüter des Gesetzes anzweifelt. Außerdem zahlt er genauso Steuer und wurde in seinem Berufsethos verletzt, weil ihm der Autofahrer vorschreiben will, was er zu machen habe. Die

Gefühlswelt beider ist so weit durcheinandergebracht, dass beide zu schreiben beginnen, um in einer höheren Instanz Recht zu bekommen, der Polizist bei der Behörde, der Autofahrer bei allen anderen Instanzen.

Kehren wir nun zu unserem Wachkommandanten und zu seiner weisen Voraussicht zurück. Hat er nicht recht, seine Beamten und sich selber vor unnötigen Schreibarbeiten zu schützen? Seine Beamten dankten es ihm. In letzter Zeit kam noch eine grandiose Sache dazu, die Autobahn-Vignette! Hier konnte unser Wachkommandant sofort die Kritik seiner Vorgesetzten entkräften, nämlich dass er und seine Mannschaft, was inzwischen auffiel, nur "Konnte-nicht-Anzeigen", wie es im Polizeijargon heißt, schrieb. Diese "Konnte-nicht-Anzeigen" sind nach den einschlägigen Polizeivordrucken benannt. Wegen der Bürgernähe wird von allen Vorgesetzten eines Polizisten gewünscht, dass ein Autofahrer bei Begehung eines Verkehrsdeliktes angehalten wird und in höflichen Worten mit seiner Übertretung konfrontiert wird. Wie schön denken die lieben Vorgesetzten! Sie haben ja keine Ahnung, zu welch aufwendigen Debatten es dabei kommt, und wegen der geringeren Anzahl von Anzeigen das gelbe Trikot wackelt. Siehe oben! In Ausnahmefällen kann diese Anhaltung unterbleiben, wenn höher gelagerte dienstliche Interessen diese verhindern. Zum Beispiel: Ein Polizist muss eine Botschaft überwachen, sieht aber dabei, dass ein Autofahrer die Sperrlinie überfährt, er kann daher ohne die Botschaftsüberwachung abzubrechen, was höher gelagert ist, den Autofahrer nicht anhalten. In der Anzeige kreuzt er den letzten vorgedruckten Satz an, der lautet: "Der Beschuldigte konnte nicht angehalten werden". Bei der Fülle der Aufgaben eines Polizisten ist es einem Vorgesetzten nicht möglich, das Übergelagerte, welches die Anhaltung verhinderte, zu überprüfen. Die Vorgesetzten wiederum kennen dieses Spiel, haben jedoch nur die Chance, nach einiger Zeit nachzuhaken, etwa mit den Worten: "Herr Wachkommandant Meier, ich weiß, dass Sie und ihre Mannschaft tüchtige Polizisten sind und sehr fleißig arbeiten, aber seit einiger Zeit fällt mir auf, dass nur "Konnte-nicht-Anzeigen" geschrieben werden. Der so Angesprochene fühlt sich mit einem leisen Vorwurf konfrontiert, welchen er widerlegen will.

Unser Wachkommandant hat das in folgender Weise bewerkstelligt: Ein Schutzengel führte weniger zur Freude der Autofahrer, aber umso mehr für ihn und seine durchaus liebenswerte Mannschaft die Autobahn-Vignette ein. Das Potential an Arbeitswilligkeit seiner Mannschaft reichte aus, um Autofahrer bei einer Autobahnabfahrt anzuhalten und die Vignette anzuschauen. War keine da, konnte man sofort S 1.450,00 kassieren, was die wenigsten Autofahrer bei sich hatten und danach eine Anzeige "schreiben". In dieser Anzeige musste er nur Datum, Uhrzeit und Kennzeichen einsetzen, ganz genauso wie bei der hochbeliebten "Konnte-nicht-Anzeige". Abgesehen davon, dass es zu keinen Debatten mit den Autofahrern kam, erfolgte auch ein schriftliches Lob der Firma Asfinag, welche die Gelder bekam und den Vorgesetzten konnte man stolz die Zahl der Anhaltungen berichten.

Die Arbeit eines Polizisten im Alltag ist also sehr schwierig. Er führt einen ständigen Zweifrontenkrieg. Einmal gegen den Beamtshandelten und sodann noch gegen die Vorgesetzten.

-.-.-.-.-